Albert Engelhardt

Die Villa am Rhein

Albert Engelhardt

Die Villa
am Rhein

Drei Erzählungen

Bibliografische Information der Deutschen Nationalbibliothek:
Die Deutsche Nationalbibliothek verzeichnet diese Publikation in der Deutschen
Nationalbibliografie; detaillierte bibliografische Daten sind im Internet über
http://dnb.dnb.de abrufbar.

© 2020 Albert Engelhardt
Herstellung und Verlag
BoD – Books on Demand, Norderstedt
ISBN: 9783751969949

Inhalt

Frühstück
im Café

I

ER STEUERTE GEMÄCHLICHEN SCHRITTES seinen Tisch an. Wie jeden Morgen, jetzt im Frühjahr über den Sommer bis in den Oktober hinein. Außer sonntags und nicht bei Regen. Meistens schlug es vom nahen Kirchturm neun Uhr. War es im April oder im Frühherbst um diese Uhrzeit noch empfindlich frisch, erschien er erst gegen zehn vor dem Café. Er hatte immer einen langen Spaziergang mit dem Hund und eine kurze Dusche hinter sich.

Im Café nahm er jeden Tag das angebotene kleine Frühstück, auf der Speisekarte auch als französisches *P'tit Déj'* angepriesen. Milchkaffee, ein Croissant und eine getoastete Scheibe Baguette, etwas bretonische Salzbutter, dazu Marmelade nach Wahl. Er trank in der Regel zwei Tassen Kaffee. Eine gute Stunde hielt er sich hier auf. Die kleine Terrasse war windgeschützt, und sein Tisch stand nahe am großen Fenster des Cafés. So konnte er, nachdem Toast und Croissant verspeist und die Krümel von der Hose gewischt waren, sich zur zweiten Tasse zurücklehnen und die Zeitung lesen.

Er las zunächst die Kolumne auf Seite eins, überflog ansonsten die Titelseite, blieb immer auf den Feuilletonseiten hängen. Den Wirtschaftsteil ließ er ungelesen, deutscher Sport interessierte ihn auch nicht. Nach der Lektüre hängte er die Zeitung wieder an den Haken. Er blieb dann noch wenige Minuten sitzen, beobachtete das Treiben auf dem weiten Platz, zahlte, ließ einen Euro Trinkgeld liegen und ging nach Hause.

An diesem Morgen, es war ein Mittwoch, waren bereits kurz nach neun Uhr viele Menschen auf dem Platz unterwegs. Wohl eine Touristengruppe, so wie die meist älteren Herrschaften zusammenstanden und gekleidet waren. Anoraks, Windjacken, einige Schirme. Der Himmel war blau, kaum Wolken, und die Sonne schien. Es versprach ein schöner, erster wirklich frühlingshafter Apriltag zu werden. Das Osterwochenende war noch kühl gewesen, an den Tagen davor hatte sprichwörtliches Aprilwetter geherrscht.

Noch etwas fiel ihm auf. Genauer gesagt, noch etwas war ihm schon an anderen Tagen im

Vorbeigehen aufgefallen, aber erst jetzt nahm er es wirklich wahr. Mit den Augen, mit der Nase und der Zunge und der Haut. Obwohl er nichts Besonderes roch oder schmeckte. Doch Nase und Mund, sogar seine Fingerspitzen schienen ihm bereits jetzt einen besonderen Geruch, einen einzigartigen Geschmack und eine samtene Haut zu versprechen. In diesem Augenblick, um Viertel nach neun, traute er jedoch nur seinen Augen und seinen Ohren.

Das gedämpfte Geräusch der Tastatur ihres *MacBooks*. Das noch halbvolle Saftglas. Die ausgetrunkene Espressotasse, die sie zur Seite schob. Die originelle Brille, das Blinzeln gegen die Sonne, ihr flüchtig hochgestecktes Haar, der knallrote Mund. Ein schmales Etuikleid, dazu Pumps, bereits jetzt ohne Strümpfe.

SIE DREHTE IHREN LAPTOP UM NEUNZIG GRAD und rückte mit ihrem Stuhl nach. Die Sonne war schon kräftig und spiegelte sich auf dem Bildschirm. Ein wunderschöner Morgen. Es konnte heute fast zwanzig Grad warm werden. Ihre dünne Strickjacke hatte sie bereits abgelegt.

Der alte, aber immer noch ansehnliche Mann setzte sich wieder in die Ecke. Wie schon am Montag und wie bereits vergangene Woche. Es schien Stammplätze zu geben. Weil oder obwohl das Café, so ihr Eindruck, am Vormittag nicht stark besucht war. Nun gut. Sie selbst könnte nicht mit hundertprozentiger Sicherheit sagen, an welchen Tischen sie sich bei ihren bislang vielleicht fünf Besuchen niedergelassen hatte. Immer auf der Terrasse, soviel stand fest. Nur beim ersten Mal hatte sie im Lokal gesessen.

Sie nippte an ihrem frischgepressten Orangensaft. Mit dem Text war sie unzufrieden. Es fehlte ihr offenbar die nötige Distanz zu manchen Figuren. Sie hatte diesmal schon viel zu viele kommende Zeilen im Kopf, wenn ihre Finger die Tasten anschlugen. Vielleicht musste sie sich einen anderen Schreibrhythmus angewöhnen. Anerziehen, aufzwingen? Sie war zu flatterhaft, zu unbeständig.

Wie konnte man jeden Tag dasselbe frühstücken? Und wie konnte man sich als erwachsener Mann mit diesem französischen Minifrühstück zufriedengeben? Sie klappte ihr *MacBook* zu und beobachtete den Mann. Immer das gleiche Ritual. Sogar wie er die Butter auf die abgebrochenen Enden des Croissants strich. Die Konfitüre, bislang vorzugsweise eine gelbe oder Orangenmarmelade, häufelte er ebenfalls immer auf gleiche Weise auf die trockene Baguettescheibe. Wenn er hineinbiss, zerbrach diese fast in seiner Hand. Sie schaute zu ihm hinüber, er schien verlegen zu sein. Er bemühte sich verschämt, und das amüsierte sie, die Krümel von der Hose zu wischen.

Seine Zeitung las er nicht wirklich gründlich. In den vielleicht zwanzig Minuten, bevor er sich von der Serviererin mit wenigen Worten verabschiedete, blätterte er das Blatt durch, blieb selten auf einer Seite hängen. Die Toilette suchte er immer auf, kurz bevor er das Café verließ.

Sie schob ihre Brille ins Haar. Sollte sie sich ausnahmsweise ein zweites Glas Saft gönnen? Sie würde noch eine Weile sitzen bleiben können. Niemand drängte sie. Mittwoch war ihr freier Tag. Sie fröstelte etwas, rieb ihre Knie und Waden und rückte ihren Stuhl wieder in die volle Sonne.

Auf der anderen Seite des Platzes fuhr jetzt ein zweiter Reisebus vor. Wieder waren es alte Leute, die ihm entstiegen. Eine Frau, in der Hand eine dünne Stange mit blau-gelbem Wimpel an der Spitze, sammelte die Gruppe um sich. Sie musste laut werden und wiederholte sich mehrmals. Man werde zuerst die nahe Kirche und den dazu gehörenden, gut erhaltenen Kirchgarten besichtigen.

Sie schaute dem Unbekannten hinterher und entschloss sich zu einem zweiten Orangensaft.

II

ER KAM HEUTE SPÄT. Statt der Touristen bevölkerten an diesem Freitag unzählige Tauben den Platz. Eine alte, ganz in Schwarz gekleidete Frau saß auf der Bank am Reiterdenkmal, während zwei kleine Mädchen, vermutlich die Enkelinnen der Frau, den Vögeln Fladenbrotkrumen zuwarfen. Die Tauben flatterten kurz auf und stürzten sich auf das Futter. Die Mädchen schrien. Ihre Großmutter schimpfte.

Die Terrasse war schon außergewöhnlich gut besetzt, als er um die Ecke bog. Wieder ein schöner Tag. Sein Tisch war frei. Er winkte Frau Lehrbach, der älteren der beiden Serviererinnen, zu und setzte sich auf seinen angestammten Platz. Die Frau mit dem Laptop saß heute nur zwei Tische von ihm entfernt, am Rand der Terrasse. Heute schrieb sie nicht. Lange konnte sie jedoch noch nicht da sein, ihr Glas hatte sie noch nicht angerührt. Sie schien ebenfalls die spielenden Kinder und die viel Staub aufwirbelnden Tauben zu beobachten.

Er setzte seine *Basecap* ab und legte diese auf einen Stuhl. Jetzt, wo er seine Haare hatte wirklich kurz schneiden lassen – sein Sommerschnitt –, konnte er auch wieder seine Kappen tragen. Die Winterfrisur, seine doch noch üppige Lockenpracht, ließ das nicht zu. Heute trug er eine Kappe der *Seahawks*. Nächste Woche würden die *Steelers*, dann die *Chiefs* dran sein. Über den Winter verfolgte er die NFL bis zum *Super Bowl*. Im Frühjahr zeigte er dann nachträglich seine Präferenzen. Frau Lehrbach brachte ihm sein Frühstück, fragte nach dem Wohlergehen des Hundes und zwinkerte ihm zu. Verbunden mit der Bemerkung, er könne diese Frisur durchaus tragen.

Die Bedienung war etwa sein Jahrgang, nein, bestimmt jünger. So um die fünfundfünfzig, vielleicht bald sechzig Jahre alt. Er hätte schon seinen Dreiundsechzigsten feiern können. Auch sie hielt sich gut. Dass er sich noch sehen lassen konnte, wurde ihm immer wieder bestätigt. Von guten Freunden, die mit ihm älter geworden waren, aber auch von flüchtigen Bekannten, wie den Frauen, denen er morgens beim Hundespaziergang begegnete, wie seinem Physiotherapeuten und beispielsweise dem jungen Wohnungsnachbarn. Frau Lehrbach schäkerte gern, was ihn amüsierte und ihm auch schmeichelte. Er konnte sie sich aber nur als Serviererin in diesem Café vorstellen, vielleicht noch als redselige Reisebekanntschaft.

Ganz anders die Unbekannte. Natürlich, sie war jünger, knapp über dreißig vielleicht. Deshalb selbstverständlich, das war nun mal so, anziehender als jede noch so attraktive Fünfzigjährige aus seinem Bekanntenkreis. Sie war sicherlich in festen Händen. Eine selbstständige, selbstbewusste Frau. Vermutlich. Er konnte sie sich schwer in irgendeiner Verwaltung, auch nicht hinter dem Tresen einer Boutique oder als Bankberaterin vorstellen. Es gab heute so viele neue Berufe, zu denen sie wahrscheinlich besser passte. Er wusste darüber wenig. *Irgendwas mit Medien*, wie sein Nachbar sagte? In der Werbung, am Theater? Sie war keine Ärztin und keine Lehrerin. Sonst könnte sie nicht jeden zweiten Tag am Vormittag in einem Café sitzen und den Eindruck vermitteln, der ganze Tag gehöre ihr ganz alleine.

Ob sie ihn auch schon bemerkt hatte? Vorgestern hatte sie sich weggedreht. Hatte er sie zu offenkundig beäugt? Oh, jetzt war ihm ein wenig Orangenmarmelade auf sein Hemd gekleckert. Er bearbeitete den Fleck notdürftig mit der Papierserviette. Auf der Toilette würde er nachher mit Wasser nachwischen. Vielleicht sollte er gleich gehen. Die Zeitung lief ihm ja nicht weg. Die zweite Tasse Kaffee auch nicht.

Er stand auf. Frau Lehrbach schien irritiert, dass er heute mit seinem gewohnten Ablauf brach. Als er schon nach einem kurzen Moment wieder vom WC zurückkam, schaute sie ihn besorgt an. Er nickte ihr zu. Er bestellte seine zweite Tasse Kaffee und wollte noch sagen, dass alles in Ordnung sei. Doch jemand rief nach der Kellnerin. Die immer gut gekleidete Frau, die heute einen eng geschnittenen Hosenanzug und dazu ziemlich gewagte Stöckelschuhe trug, hatte ihren Laptop zugeklappt und wünschte die Rechnung.

SIE HATTE GEDACHT, diese unsägliche Marotte, immer und überall diese albernen Kappen zu tragen, gehöre endlich der Vergangenheit an. Es gab für sie nichts Lächerlicheres als alte Männer mit *Basecap* und alte Frauen in Leggins und Ballerinas. Und diese Frisur? Unglaublich. Bei einem Fünfundvierzigjährigen vielleicht noch erträglich, wenn auch, na ja..., aber ein Rentner? Seine grauen Locken hatten ihn interessant ge-macht, irgendwie passend zum Seidenschal und zur Zeitungslektüre und sogar auch zum spär-lichen Frühstück. Gesetzt, gebildet, gelassen. Erfahren, zufrieden. Trotz des einen oder anderen Zipperleins, das nicht zu verbergen war.

Und jetzt diese Kappe, die bis über die Ohren rasierten Kopfseiten, dieses dürre Schwänzchen im Nacken. Jetzt hatte er sich Marmelade aufs Hemd gekleckert. Als sei es ein Wink von ganz oben.

Sie hatte es schon vorher gewusst: Ihre High Heels waren unbequem. Vorne zu eng. Sie würde den Platz großräumig umlaufen müssen. Das Pflaster und die ausgewaschenen Placken harten Sands würden ihr nicht guttun. Für halb elf war ein wichtiges Meeting anberaumt worden. Natürlich kein wichtiges Meeting, aber ein wichtiger Autor. Sie war gut vorbereitet, hatte heute früh nicht geschrieben, sondern sich zu einer halben Stunde *Work out* gezwungen, fast eine Stunde im Bad verbracht. Sie würde es heute bei einem Glas Saft belassen.

Hatte er ihr gerade zugenickt? Nein, warum auch? Oder war das Nicken der rührigen Bedienung gewidmet, die jetzt bereits an ihrem Tisch stand, um zu kassieren. Die beiden schienen sich auf jeden Fall schon länger zu kennen. Er war wohl Stammgast. Der Tisch, das Frühstück, die kurzen, aber vertraut klingenden Wortwechsel. Etwa gleichen Alters. Vielleicht waren sie sogar im selben Viertel aufgewachsen, in dieselbe Schule gegangen. Brems' dich, sagte sie zu sich, deine Fantasie geht mit dir durch. Es bestätigte sich, was bei den meisten etwa gleichaltrigen Paaren ins Auge sprang: Die Serviererin machte einen agileren, energischeren Eindruck als er.

Ob er allein lebte? Das lag nahe, sonst würde er nicht alleine auswärts frühstücken. Eine bettlägerige Ehefrau, die es billigte, es ihm gönnte? Zu weit hergeholt. Warum sollte er nicht einfach solo sein, geschieden, verwitwet? Schon immer Single? Solche ewig Alleinstehenden gab es mittlerweile bestimmt auch unter den Sechzigjährigen und den noch älteren Ruheständlern.

Wo war sie mit ihren Gedanken hingeraten? Gedanken, die fast allesamt Fragen waren. Ruhestand von was? Was tat er den Rest des Tages? Verliefen sein Mittag, sein Nachmittag und Abend ebenso streng geordnet und ritualisiert wie das Café-Frühstück?

Sie packte ihr *MacBook* in eine große Handtasche und verließ das Café.

III

ER WÜRDE SIE JETZT EINFACH FRAGEN, ob sie etwas dagegen habe, wenn er sich zu ihr setzen würde.

Schließlich sah man sich seit einigen Wochen jeden zweiten Tag, grüßte sich, schaute auch mal unbefangen zum anderen Tisch und sagte *Tschö* oder *Auf Wiedersehen* oder zuletzt immer öfter *Bis dann.*

Es war ja noch mehr geschehen. An einem Freitag hatte er ihr seinen Schirm ausgeliehen, da sie noch zum Hauptbahnhof musste, und es begonnen hatte zu nieseln. Sie hatte ihm am darauffolgenden Montag ein Tütchen Krokant und Nougat mitgebracht. Über dieses kleine Laster hatten sie wenige Tage zuvor gesprochen, als er vom Café aus nicht nach Hause, sondern in die nahe Confiserie unterwegs war. Sie hatten beide das Café gleichzeitig verlassen, und er hatte beim Queren des Platzes seine Vorliebe für Süßes gestanden.

Sie grüßte ihn auch heute mit einem mittlerweile üblichen *Hallo* und einem Lächeln. Als sie sich wieder ihrer Arbeit zuwenden wollte, stellte er die Frage. Sie schien nicht erstaunt und antwortete, nein, er störe keineswegs. Sie klappte gleichzeitig ihren Laptop zu, packte diesen in die Handtasche und schaute ihrem neuen Tischgenossen fragend in die Augen.

Er ließ sich sein Frühstück bringen, zu dem sie sich jede Frage verkniff. Sie leckte den Rest

Zucker aus ihrer Espressotasse und nahm einen ersten Schluck Saft. Er stutzte nur einen kurzen Moment, als er spürte, dass das Eis brach.

Natürlich bemühte er sich an diesem Morgen besonders, das Croissant ordentlich aufzuschneiden und dünner als üblich mit Butter zu schmieren. Er packte weniger Orangenmarmelade auf das Baguette und biss davon nur kleine Ecken ab. Es gelang ihm sogar, nicht zu schlürfen.

Er stellte seine Tasse ab und fragte, ob sie vorher zu Hause oder gar nicht frühstücke. Seit er allein sei, habe er sich das morgendliche Frühstück im Café angewöhnt. Nur sonntags sei dies anders. Das Café sei an diesem Tag ja geschlossen, er verlängere dann seinen Morgenspaziergang mit Hund um eine oder anderthalb Stunden und bereite sich danach in seiner Küche ein Frühstück, das schon mehr ein *Brunch* sei. Mit Omelett oder Rührei, einem Pfannkuchen, Speck und Würstchen, geräuchertem Fisch, einem deftigen Quark, Bauernbrot oder Roggenbrötchen. Natürlich nicht immer alles auf einmal, fügte er hinzu.

Auf jeden Fall nicht gerade Französisch, wie seine Zuhörerin lachend anmerkte, was auch ihn zu einem zustimmenden gelachten Nein verführte. Das war ihr wohl aufgefallen. Kein Wunder, schließlich sah man sich regelmäßig und das seit

bald einem Vierteljahr. Er sei ein Gewohnheits-
mensch, fügte er noch hinzu. Man müsse ihm nur
ein einziges Mal auf den Teller schauen, dann
wisse man Bescheid.

Ob das auch andere Gewohnheiten betreffe,
wollte die Frau wissen. Ja, schon, er sei, oder sein
Leben und sein Alltag seien strukturiert, wie man
heute sage. Er brauche Routine, Gewissheit,
Zuverlässigkeit. Ja ja, das stimme schon. Da habe
sie recht. Und sie?

SIE STAUNTE UND FREUTE SICH. Das war dann doch
schnell gegangen. Am Ende dieser mehr als zwei
Stunden – es war ein Mittwoch und sie hatten sich
beide gegen zwölf Uhr ein Glas Winzersekt gegönnt
– wusste sie viel von ihm.

Allein bedeutete, vor einigen Jahren von
seiner Frau von heute auf morgen verlassen
worden zu sein. Sie habe wohl ihre Gründe gehabt,
hatte er eingeräumt, ohne zu diesen Gründen
etwas zu sagen. Vielleicht kannte er diese selbst
nicht. Kontakt gebe es kaum, außer Anrufen oder
Karten zum Geburtstag, zu Weihnachten und aus
den Ferien. Nein, per E-Mail, SMS oder *WhatsApp*
kommunizierten sie nicht. *Facebook* und *Twitter*
kämen für ihn auch nicht infrage. Er könne nicht
genau sagen warum, aber er habe das irgendwann

beschlossen und bleibe dabei. Ein weiteres Beispiel für sein Festhalten an Routinen.

Nein, ihm fehle es an nichts. Er sei nicht reich, aber finanziell abgesichert. Er habe sich zum Glück früh darum gekümmert. Kinder habe es keine gegeben. Der Hund sei seit der Trennung sein treuer Begleiter. Auch ein zuverlässiger Blitzableiter, wenn er einmal schlechter Stimmung sei. Ja, man könne es auch depressiv nennen. Das glaubten Außenstehende nicht, es sei aber so.

Sie hatte derartige Bekenntnisse nicht erwartet, war nicht darauf vorbereitet. Sie fragte nach Hobbys. Die Antwort kam prompt. Er lese viel, insbesondere historische Romane. Die Geschichte Russlands interessiere ihn. Er schwärme für die Klassiker. Turgenjew, Tolstoi, Dostojewski, Gorki, Gontscharow, Gogol, Herzen und die Dekabristen. Als sie ihn verblüfft ansah und eine Nachfrage stellen wollte, hatte er noch hinzugefügt, den Terroristen der Zarenzeit zolle er Respekt. Ein Auto habe er nicht. Für Fernreisen nutze er die Bahn. Geflogen sei er schon seit über zehn Jahren nicht mehr. Einen Fernseher benötige er nicht. Er höre viel Radio, gern Hörspiele und Jazz. Kochen sei nie eine Leidenschaft von ihm gewesen, er sei aber bislang nicht verhungert. Wieder ein kurzes Lachen. Er tanze gern, eigentlich sehr gern. Gelegenheit dazu gebe es aber leider immer seltener.

Ein offenes Buch. Sie fand es verlockend, darin zu blättern. Doch er hatte es schon wieder zugeklappt.

Sie entschieden sich gegen ein zweites Glas Sekt. Die Kirchenglocken schlugen zwölf. Sie machte den Vorschlag, man könne ja an einem der nächsten Wochenenden – vielleicht noch vor den Sommerferien – einen gemeinsamen Ausflug machen. In der Region oder etwas weiter weg, ins Frankenland oder in den Pfälzer Wald.

IV

Sie waren an einem Mittwoch, nachdem sie sich im Café verabredet hatten, über das *Kalte Eck* zum *Jakobsberg* gelaufen. Dort hatten sie eine späte, ausgiebige Mittagspause eingelegt. Er hatte sich in dem Ausflugslokal für Frikadellen mit Kartoffel-Gurken-Salat entschieden, sie für die opulente Schinkenplatte. Beide tranken ein Bier.

Es waren wenig Wanderer unterwegs. Sie genossen die Ruhe. Sie ließen sich Zeit. Beide konnten das vielstimmige Gezwitscher der Vögel nicht näher bestimmen. Beide bestaunten das den Waldboden bedeckende üppige Grün. Gegen Ende der Tour – sie hatten schon beinahe die Ausläufer der Stadt erreicht – störten Motorsägen und das Fuhrwerken schweren Geräts die Stille und ihre angenehme Plauderei. Der Holzeinschlag hinterließ in diesem Jahr tiefe Spuren.

V

Zwei Nächte hatten sie dann im Taubertal verbracht. In einem Zimmer, in einem Kingsize-Bett. Das hätte er sich weder drei Wochen zuvor, geschweige denn im April träumen lassen.

Sie hatte die Initiative ergriffen, das endgültige Ziel festgelegt und das Hotel ausgesucht. Als sie am späten Abend eines Freitags dort ankamen, und er sich darauf eingestellt hatte, zwei getrennten Zimmern und auch getrennten Kassen wie selbstverständlich zuzustimmen, hatte sie bereits alles arrangiert. Das Doppelzimmer auf ihren Namen, Dinner, Wellnesspaket und Weinverkostung auf einem bekannten Gut inklusive.

Sie hatte nicht damit gerechnet. Es war ein Test gewesen, ein Versuch. Würde er das gemeinsame Zimmer ablehnen? Wenn ja, mit welcher Begründung? Und aus welchen unausgesprochenen Gründen? Er hatte zugestimmt, schweigend, ihr Arrangement kommentarlos akzeptierend.

Er hatte sich zunächst etwas scheu durch das große Hotelzimmer bewegt. So als müsse er jeden Handgriff, jeden Schritt vor ihr rechtfertigen. Slipper abstreifen, Kulturbeutel unter den Badspiegel, Handy auf den Nachttisch. Die Routine unzähliger Geschäftsreisen.

Erst als sie ihre Jeans abgelegt und Bluse und T-Shirt über den Kopf gezogen hatte, löste sich die Starre. Sie hatte erstaunlich kleine Brüste. Er packte Hemd und Hose auf einen Bügel, die Schuhe unter die Kofferablage. Seine Unterwäsche stopfte er in eine mitgebrachte Tüte. Er stand plötzlich nackt vor ihr, und schien darüber selbst erschrocken zu sein.

Sie hatten entschieden, nicht mehr auszugehen. Eine Kleinigkeit würden sie auf dem Zimmer zu sich nehmen können. Sie ging in Socken und Slip ins Badezimmer. Sie duschten. Erst sie, dann er. Er rasierte sich und benutzte ein zu pfeffriges Eau de Toilette. Sie packte die flauschigen Hotelbademäntel aus der Plastikfolie.

Sie hatten so, wohlig eingehüllt, auf ihrem kleinen Balkon gesessen. Sie bewunderten die Schmiedekunst des Glasdachs und bestaunten den Sternenhimmel, hatten einen kleinen Imbiss genommen und genossen ihren Champagner.

Sie war zweiundvierzig Jahre alt, Übersetzerin und Lektorin. Er erfuhr auch, dass sie in Wattenscheid geboren und nie verheiratet gewesen war. Sie konnte noch weniger kochen als er, und sie tanzte mindestens genauso gern und genauso selten wie er.

Sie klagte ein wenig über die verbreitete Geringschätzung der Übersetzerarbeit. Er interessierte sich für Abläufe, die Routine und die Schwierigkeiten bei Romanübersetzungen. Sie sprach über den Schreibstil und die Tonlage eines Autors oder einer Autorin. Über Besonderheiten im Original, die die Zeitumstände, die Milieus, ja auch Dialekte und besondere Sprachgewohnheiten betrafen. Manche Ausdrucksformen und Worte einer Epoche hätten im Deutschen keine Entsprechung. Das liege bei Dialekten und Redewendungen auf der Hand, gelte aber auch für eine bestimmte Art von Humor, für Umgangsformen oder auch für zeitgebundene und regionale Besonderheiten, sogar für Nuancen etwa der Sozialkritik.

Er hörte fasziniert zu. Sie fesselte ihn, zog ihn in ihren Bann. Sie hatte einen Fuß hochgezogen, ihr Bademantel klaffte auseinander. Er sah klitzekleine Wassertropfen in rötlichem Haar, das an den Rändern stark rasiert war. Das war heute offenbar üblich, wie er gelesen hatte. Er schaute verschämt in die Ferne, über das Tal und fragte, was das Wellnesspaket eigentlich beinhalte. Sie erklärte es ihm.

Welch ein Vergnügen. Unter dem Sternenhimmel, mit prickelndem Jahrgangschampagner, ihn lockend. Er hatte das Angebot wahrgenommen. Seine Augen konnten für Sekunden nicht von ihr lassen. Sie hatte es sofort bemerkt, auch wenn sein Blick angestrengt die Weite gesucht hatte. Er hatte sie danach nicht bedrängt, keineswegs, auch nicht mit Worten.

Ob er sich tatsächlich für ihre Arbeit und ihren Ärger mit Lektoren und Verlegern interessiert hatte, wusste sie nicht. Doch er hatte zugehört und viele Fragen gestellt. Über sich selbst hatte er nicht viel Neues erzählt. Er reiste gern und war in früheren Jahren im Sommer mindestens zwei Mal zu Hüttenwanderungen in den Alpen unterwegs gewesen. Er schwärmte für die hausgemachten Knödel im Karwendelhaus und für Grace Kelly. Sie nannte ihn einen amüsanten

Erzähler. Er freute sich, auch als sie glucksend anfügte, er, der das Gewohnte so schätze, erzähle ungewöhnlich sprunghaft.

Sie hatten sich früh schlafen gelegt. Wie ein Paar, das jede Regung des anderen kannte und den Trott der Abläufe schon Tausende Male erlebt hatte. Er legte seine schlichte Armbanduhr ab, sie ihre filigrane Halskette. Sie packte ihren E-Book-Reader aus und schmökerte noch eine halbe Stunde. Er hatte Kopfhörer im Ohr. Sie hatten sich zur jeweils eigenen Seite gedreht, sich gegenseitig eine gute Nacht gewünscht und waren schnell eingeschlafen.

Sie hatte solch eine Nacht zum letzten Mal vor fast zwanzig Jahren erlebt. Damals war sie gerade mit ihrer ewigen Jugendliebe zusammengezogen. Endlich. Eine ihr damals sehr teuer erscheinende kleine Altbauwohnung im Frankfurter Nordend. Die Beziehung ging noch während des Studiums in die Brüche. Seitdem hatte sie natürlich Nächte mit Männern – für kurze Zeit auch mit Frauen – verbracht, auch zwei oder drei Nächte hintereinander. Nicht immer verbunden mit Sex, vorhergehendem oder absehbarem Geschlechtsverkehr. Aber sie war in all den Jahren nie mehr zu zweit auf diese beruhigende und für die Ewigkeit gemachte Weise zu Bett gegangen.

In der Nacht hatte sie gespürt, wie er schüchtern nach ihrer Hand gegriffen und seine auf ihrer hatte liegen lassen. Am frühen Morgen hatte sie Lust verspürt, ihm Wärme abzugeben und bei ihm Schutz zu suchen. Er hatte es zweifellos ebenfalls genossen, als sie miteinander spielten. Wie Pubertierende, aber mit der Routine und der Erfahrung des Alters. Mit dem Wissen um Unausgesprochenes und um Enttäuschungen. Aber auch mit der Freude und dem Erstaunen über Mögliches und Entdeckungen.

Am nächsten Morgen ließen sie sich Zeit. Er hatte, so sein Eindruck, sehr ruhig geschlafen und kaum geträumt. Um vier Uhr war er kurz aufgewacht, hatte nach ihrer Hand gegriffen und diese festgehalten. Um halb sechs oder sechs Uhr – er hatte erstmals seit langer Zeit am frühen Morgen wieder eine Erektion – hatte sie sich an ihn geschmiegt, an seinen breiten behaarten Rücken. Sie waren beide nochmals eingeschlafen. Worte waren nicht nötig gewesen.

Sie waren einige Runden geschwommen, hatten sich massieren lassen und einen seltsamen Früchtecocktail zu sich genommen. Das Frühstück ließen sie ausfallen. Sie waren hinüber nach Weikersheim gewandert, hatten dort das Schloss und den noch berühmteren Schlossgarten besucht. In der Nähe hatten sie deftig gevespert und einen einfachen Schwarzriesling, den gerühmten Silvaner des Weinguts und den nur hier angebauten Tauberschwarz verkostet.

Danach machten sie sich auf den Heimweg, gingen auf der anderen Talseite zurück, wiederum über zehn Kilometer. Ihm machte die Wandertour zu schaffen, doch er wollte es sich nicht anmerken lassen. Im Kurpark gönnten sie sich noch ein Eis auf die Hand, setzten sich auf eine Bank und spazierten dann zurück zu ihrem Hotel.

Er war zwanzig Jahre älter als sie. Kein Zweifel, die lange Wanderung hatte ihn angestrengt. Im Schwimmbecken war er ihr am Morgen noch voraus gewesen. Beim Vespern hatten sie beide kräftig zugelangt. Ihr Eis hatten sie wie vom Glück überraschte Kinder geschleckt. Sie hatten sich – als seien sie es seit Jahren gewohnt – zwei Stunden Nachmittagsruhe gegönnt. Er hatte röchelnd gedöst, sie hatte im Internet recherchiert.

Das köstliche Fünf-Gänge-Menü im Sternelokal am Markt war ein Genuss und erwies sich als wunderbarer Abschluss des Tages. Ihre Glücksengel hatten ganze Arbeit geleistet. Auf dem Heimweg folgten sie dem Lauf des Flusses statt der kürzeren Verbindung durch den Kurpark. Sie genossen jede Minute des Zusammenseins.

Sie schienen miteinander vertraut. Und doch hätte man Lisa und Ulrich für ein frisch verliebtes Paar halten können.

VI

SIE HATTEN SICH VERFEHLT. Sie war bereits um halb neun im Café aufgetaucht, da das Gespräch mit der PR-Agentur kurzfristig auf zehn Uhr vorgezogen worden war.

Lisa stand unter Stress. Es war abzusehen, dass die Abgabe der Übersetzung nicht zu halten, die Agentur also gebuchte Anzeigenplätze und arrangierte Interviews und Lesungen stornieren bzw. verschieben musste. Keine Katastrophe, das wusste sie. Aber Ärger, der viele kleine Verärgerungen nach sich zog.

Lisa nahm ihren Espresso an der Bar. Sie hatte gehofft, Ulrich noch zu treffen, doch er war nicht erschienen.

Frau Lehrbach fragte Ulrich, als dieser kurz vor elf Uhr das Café betrat und sich nach Lisa umschaute, ob sie sich Sorgen machen müsse. Im gleichen Atemzug informierte sie ihn, die Dame sei heute bereits sehr früh gewesen und bald wieder gegangen.

Ulrich hatte sich also vergeblich beeilt. Er verfluchte im Stillen seinen Urologen, der nicht nur das Nötigste zu den Prostatabeschwerden geäußert hatte. Nein, Dr. Sachs war offenbar fest davon überzeugt, dass sich jeder seiner Patienten für jedes Detail seines bevorstehenden Segelurlaubs rund um die Azoren interessieren musste.

VII

SIE HATTE EINE WOCHE beruflich in Berlin zu tun gehabt. Und beide hatten ihre Sommerferien wie bereits lange geplant verbracht. Acht Wochen war es nun her, das gemeinsame lange Wochenende im Taubertal. Lisa und Ulrich hatten sich danach nur noch zwei Mal im Café getroffen.

Sie hatte ihn vermisst. Schon in Berlin, dann auf Texel und während seiner Woche am Kyffhäuser. Lisa musste sich zwingen, nicht an ihn zu denken, ihn nicht anzurufen. Es war ein Test gewesen, ein Versuch. Ein aussichtsloser Versuch, Scheitern inklusive?

Am zweiten Tag ihres Wochenendes, als sie am Ende der Wanderung mit ihren Eistüten auf der Parkbank gesessen hatten, hatte sie ihm die Initiative überlassen. Ulrich erzählte wie so oft an diesem Taubertal-Wochenende aus seiner Kindheit und Jugend. Auf der Parkbank sprach er davon, dass das Aneinanderstoßen der Zungenspitzen beim Eisschlecken besonders kribbelnd gewesen sei. Sie hatte abgewartet und ihm dann den Kopf zugedreht. Er hatte gestutzt, gezögert, am Eis geleckt, seine Augen geschlossen und ihren gespitzten Kussmund gesucht. Die Zungenspitzen berührten sich für eine Sekunde, und es hatte sich tatsächlich wie früher angefühlt.

Auch das sanfte Streicheln ihres Nackens hatte sie elektrisiert. Auf der Heimfahrt – sie hielt das Dach ihres Cabrios trotz des guten Wetters mit Absicht geschlossen – hatte Ulrich ihren Seiden-schal etwas gelöst und sie gestreichelt. Der Zeigefinger und der Mittelfinger seiner linken Hand schoben sich unter den Schal. Ein erst kitzelndes Streicheln, an das man sich gewöhnen konnte. Ein nicht enden wollendes Streicheln, das nie aufhören durfte. Lisa spürte Tausende Finger in ihrem Nacken, auf ihrem Rücken, auf jedem Quadrat-zentimeter ihres Körpers. Ihre Oberschenkel öffne-ten sich ein wenig.

Lisa hatte sich gefragt, ob diese Zärtlichkeit und Geduld, diese Ausdauer und Ruhe ihr Lohn waren. Oder würde sie am Ende einen zu hohen Preis zahlen müssen?

Sie hätte nicht genau sagen können, warum sie Ulrich am Ende vermissen würde. Ihre kleine Schwester hatte nur verblüfft dreingeschaut und sie für verrückt erklärt. Wirklichen Rat konnte sie von der dreifachen Mutter sowieso nicht erwarten. Schon nach wenigen Minuten des Witzelns und Frotzelns, nach einem stereotypen *Neieieieiein?!* und einem genauso hilfreichen *Mein Goooooott, Lisa!* wurde das Thema gewechselt. Der neue Kioskbetreiber an der Anlegestelle, die Plage mit den Kindern, die Borniertheit ihrer Chefin waren wichtiger als die Wirrungen der älteren Schwester.

ER HÄTTE SEINE PLÄNE problemlos über den Haufen werfen können, doch sie war gebunden. Ihre Schwester hatte sie in ihr Ferienhaus auf Texel eingeladen, verbunden mit der Bitte, sich auch um die Kleinen der Alleinerziehenden zu kümmern. Lisa konnte nicht absagen, das war ihm klar. So hatte es für ihn auch keine Notwendigkeit gegeben, die eigenen Pläne zu ändern.

Er war im August wie vorgesehen für zwei Wochen ins Burgund gefahren, hatte einige Tage daheim verbracht, um eine weitere Woche im Thüringer Wald zu wandern. Mit Hund und langjährigen Freunden.

Ulrich hatte immer wieder über das Wochenende nachgedacht, das ihm kleine Erlebnisse beschert hatte, an deren Gewesen-Sein er noch immer manches Mal zweifelte. Gleichzeitig verbanden sich diese kleinen Ereignisse und Eindrücke merklich zu einem Ganzen, zu einem großen Erlebnis. Das beunruhigte ihn.

Wenn er es recht betrachtete, war in keinem Augenblick er selbst derjenige gewesen, der die Initiative ergriffen hatte und aktiv geworden war. Sie hatte die zwei Nächte und Tage arrangiert. Punkt. Doch auch jede banale Entscheidung, jedes beiläufige Tun und jede abrupte, überraschende Wendung ging eher auf Lisas statt auf sein Konto.

Sie hatte das Heft des Handelns nie aus der Hand gegeben. So sehr er auch in manchem Moment geglaubt hatte, er sei der Aktive, er wage sich vor.

Zum Beispiel am frühen Samstagmorgen im Bett, am Nachmittag im Park, auch am Tag ihrer Rückkehr in die Stadt. Lisa hatte selbst da dominiert und die Situation im Griff gehabt, wo er dachte, ja befürchtete, sie habe dies oder das nur hingenommen. Er hatte jedoch sehr schnell feststellen müssen, dass er sich täuschte. Er musste nichts bereuen. Das reute ihn.

Lisa war hungrig gewesen, doch er konnte ihren Hunger nicht stillen. Sie war zärtlich. Sie wollte Ordnung in ihr Leben bringen. Sie zeigte ehrliches Interesse, auf das er nicht mehr gefasst war. Sie hatte absichtsvoll einen deutlich älteren Mann ausgewählt, und er hatte sich eingebildet, sie nur als deutlich jüngere Frau beglücken zu können.

VIII

SIE WAR HEUTE SPÄT DRAN, als sie auf seinen Tisch in der windgeschützten Ecke zusteuerte und sich setzte. Sie stellte ihre Tasche ab, überlegte kurz, ob sie ihren dünnen Mantel anbehalten oder ablegen sollte. Sie hängte ihn über den Nachbarstuhl.

Die Sonne hatte mit jedem Tag ein wenig ihrer Kraft verloren. Vielleicht war diese Woche die letzte des Jahres, in der man unbesehen auf der Terrasse Platz nehmen konnte.

Seine Zeitung lag auf dem Tisch. Gefrühstückt hatte Ulrich bereits, wie die Krümel rund um seine große Kaffeetasse verrieten. Lisa winkte Jennifer zu. Die junge Serviererin brachte einen Espresso und den Saft. Sie nickte in Richtung des Innenraums. Ulrich war auf der Toilette. Lisa berührte seine Kaffeetasse. Schon kalt, also wohl die erste. Dann bestand Hoffnung, dass er noch eine halbe Stunde sitzenbleiben würde. Sie hatte verschlafen, es war Freitag, also musste sie hetzen.

Als Ulrich von der Toilette kam, wischte er sich noch die Hände an seiner Cordhose ab. Er sah müde, angestrengt aus. Die Papierrolle müsse aufgefüllt werden, flüsterte er Jennifer zu, als diese den zweiten Milchkaffee brachte. Er begrüßte Lisa mit einem flüchtigen Wangenkuss und murmelte kaum Verständliches vor sich hin. Lisa verstand *Verspätung* und *Hautarzt*.

Sein Hund sei gestorben, plötzlich, gestern Nachmittag. *Lupo* sei zwar schon vierzehn Jahre alt gewesen, aber doch noch sehr agil. Nun gut, vorbei sei vorbei.

Lisa stockte. Konnte sie Trost spenden? Wie spendete man Trost, wenn ein geliebtes Tier starb? Hatte Ulrich seinen Hund tatsächlich *geliebt*? Sie wusste es nicht. Nicht zum ersten Mal dachte sie: Von vielen Dingen wusste sie gar nichts. Sie zögerte, griff nach seiner Hand, nahm Ulrich in den Arm und küsste ihn auf die Wange.

Lisa hatte vorgehabt, ihm einen Theaterbesuch, Ibsens *Nora*, vorzuschlagen. Zwei der raren Karten hatte sie über einen guten Bekannten, der am Theater tätig war, bereits besorgt. Sie hatte keine Ahnung, wie und wann und wo tote Hunde bestattet, beerdigt, entsorgt wurden. Den Hamster der beiden Schwestern hatte ihr Vater unter dem Nussbaum im Garten begraben.

Er müsse jetzt gehen, sagte Ulrich ohne Vorwarnung. Er habe in einer Viertelstunde einen Arzttermin. Er ließ seinen Kaffee stehen, holte seinen Anorak aus der Garderobe, zahlte, kam zurück und küsste Lisa auf die Wange. *Bis Montag.*

Ihr Espresso war kalt, ihren Saft hatte sie noch nicht angerührt. Lisa nahm einen Schluck, zahlte ebenfalls und hätte beinahe ihren Trenchcoat liegen lassen.

ER FÜHLTE SICH GETÄUSCHT. Lisa hatte ihn enttäuscht. Bitter enttäuscht. Vor wenigen Tagen war er mit *Lupo* auf dem Rückweg an den Kolonnaden vorbeigekommen. Dort hatte er Lisa plötzlich entdeckt, an eine der mächtigen Säulen gelehnt, im Gespräch mit einem Mann. Sie waren miteinander vertraut, das erkannte Ulrich sofort. So wie sie miteinander sprachen, sich beiläufig berührten, etwas zurücktraten, sich gegeneinander zuneigten und lachten. Der Mann, der kaum älter als Dreißig gewesen sein dürfte, hatte Lisa am Ende einen Briefumschlag zugesteckt. Sie hatte ihn umarmt und im Weggehen noch eine Kusshand zugeworfen.

Am Mittwoch, als sie sich im Café gegenübergesessen hatten, war Ulrich beiläufig auf die Theaterkolonnaden, auf Spaziergänge mit *Lupo* und auf ihr rotes Kleid zu sprechen gekommen. Letzteres hatte sie bei besagtem Treffen getragen. Ihre Reaktion war vielsagend gewesen. Die Kolonnaden fand sie, na ja, zu wilhelminisch. Die Frage nach dem roten Kleid verblüffe sie. Ja, sie wisse, dass ihm das Kleid sehr gefalle, aber warum frage er danach?

Er hatte seinerseits eine ausweichende Bemerkung gemacht und vorgeschlagen, Ende des Monats eine Ausstellung in Mannheim zu besuchen. Lisa hatte sich Bedenkzeit erbeten. Zurzeit habe sie sehr viel zu tun. Die Übersetzung, über die sie gesprochen hätten, müsse abgeschlossen werden.

Als er Lisa jetzt so vor ihrem Saft sitzen sah, auch den Espresso hatte sie noch nicht angerührt, entschloss sich Ulrich, sofort zu gehen. Er schützte seinen Hautarzttermin vor. Der stand zwar erst für ein Uhr im Kalender, doch eine kleine Lüge musste angesichts größerer Lügen erlaubt sein.

Ulrich holte seinen Anorak und verabschiedete sich von Lisa. Erst als er den Platz bereits überquert und die schmale Passage hinter der Kirche erreicht hatte, fiel ihm auf, dass er dieses Mal – und damit zum ersten Mal – kein Trinkgeld gegeben hatte. Sein Leben geriet aus den Fugen.

IX

Lisa hatte einen zweiten Espresso bestellt, und sie genehmigte sich erstmals dazu *Pastéis de Belém*, die seit kurzem im Café angeboten wurden. Sie würde sich künftig öfter diese süßen Gebäckstücke gönnen. Schließlich wurde es herbstlich. Bald waren dann auch die Adventszeit und Weihnachten nicht mehr fern. Heute würde die Terrasse zum letzten Mal bestuhlt sein, unwiderruflich. Das besagte ein im Lokal angebrachter Aushang.

Lisa bat die Bedienung um eine Kuchengabel. Als Frau Lehrbach diese in eine Serviette eingehüllt brachte, betrat Ulrich die Terrasse und grüßte zunächst die Servierkraft. Er hatte eine dicke Strickjacke übergezogen, trug knöchelhohe Schuhe, einen Schal und einen dunklen breitkrempigen Hut. Die ersten wiedergewonnenen Locken lugten bereits darunter hervor. Sie würde darüber kein Wort verlieren. Er setzte sich an den Nachbartisch, was Lisa nicht unrecht war, da sie noch einige Mails beantworten musste.

Wie würde sie in zwanzig, dreißig Jahren – ein unvorstellbarer Zeitraum, wenn sie ehrlich war – in einem Café auf andere Gäste wirken, vor allem auf Männer? Betagte Dame, ältliche Madame, flotte Alte? Ihr war es in den vergangenen Monaten nicht gelungen, sich in Ulrich zu versetzen. Jetzt sagte sie sich: Wie sollte sie auch? Sie hatte noch nicht einmal eine annähernde Vorstellung von sich als Sechzigjähriger – und Ulrich war ein Mann.

Sie hatte auf alle Fälle noch zehn, ziemlich sicher noch zwanzig Jahre Berufsleben vor sich. Was würde sie danach tun? Wie würde ihr Tag aussehen? Sie hatte keine Lust, sich darüber schon heute, in diesem Augenblick Gedanken zu machen. Würde sie noch tanzen wollen und immer noch nicht gut kochen können? Würde sie wortlose Signale und Gefühle noch wahrnehmen und aussenden können? Solche, die ein Kribbeln und Neugier verursachen konnten, auch die, die sexuelle Begierde mitteilten und weckten.

Lisa schüttelte den Kopf über sich selbst. Es gab Näherliegendes. Falls ihre Schwester wieder nach Ferienunterstützung fragen würde, wäre sie Weihnachten zwei oder drei Wochen auf Texel nicht abgeneigt. Und falls nicht, könnte sie auch – endlich einmal – Lissabon besuchen.

Sie schaute auf. Ulrich hatte wieder gekleckert. Aus seiner grobmaschigen Strickjacke war die Marmelade sicherlich schwerer zu entfernen als von einem Sommerhemd. Sie lächelte. Er nickte ihr zu, um Nachsicht heischend.

Lisa checkte ihre Mails, beantwortete drei besonders wichtige und packte dann zusammen. Sie zahlte und gab ein großzügiges Trinkgeld. Von Ulrich verabschiedete sie sich mit einem Nicken, wortlos.

ULRICH HATTE IM ERSTEN MOMENT seinen Augen nicht getraut. Hatte sie ihm nicht lang und breit erklärt, warum sie nicht frühstückte, ja morgens noch nicht einmal an einem Kanten trockenen Brots knabberte. Und jetzt saß sie hier und verdrückte um diese Zeit zwei dieser portugiesischen Puddingtörtchen.

Ulrich hatte nicht gefragt, ob er sich zu ihr, an seinen angestammten Tisch, setzen dürfe, sondern er hatte gleich den Tisch nebenan anvisiert. Er wollte keine alten Rechte reklamieren, sich nicht aufdrängen, aber in unmittelbarer Nähe sein.

Falls sie Interesse hatte, ihn anzusprechen und wieder aufzunehmen.

Die Angelegenheit mit den Kolonnaden hatte sich nie aufgeklärt. Die Urne mit der Asche seines Hundes stand zuhause auf einer alten Kommode. *Nora* hatte er wegen Unpässlichkeit abgesagt, nach Mannheim war er alleine gefahren.

Niemand würde etwas erfahren. Er würde auch ihr gegenüber nicht daran erinnern, dass sie allein das Wochenende im Taubertal arrangiert und bestimmt hatte. Dass sie seine Zunge gesucht und am frühen Morgen – er war noch schlaftrunken gewesen – in sein Gemächt gegriffen hatte. Sie hatte seine Hand aus dem Nacken auf ihren Schoß bewegt. Sie hatte ihn, nicht er sie gefragt, ob sie die letzte Nacht dieses Wochenendes nicht auch noch gemeinsam, gern bei ihr, verbringen sollten. Er hatte nein gesagt, obwohl das Elend in seiner Hose zaghaft ein Ja gefordert hatte.

Sie pickte mit ihrer Kuchengabel die letzten Krümel des Törtchens auf. Als ein Klecks Orangenmarmelade in den fusseligen Maschen seiner Strickjacke verschwand, nahm Ulrich sich vor, künftig eine Serviette umzubinden. Auf jeden Fall musste er seine Hose vor Kleckereien schützen. Lächelte Lisa ihm jetzt zu?

Ob sie seinen neuen Hut bemerkt hatte? Ihre neuen Schuhe, die sehr gut zu ihrer engen Hose passten, waren ihm sofort aufgefallen. Auch die Ohrringe, die sie bislang in seiner Gegenwart noch nie getragen hatte. Ihr Kopfhaar war dunkler als ihre Schamhaare. Nur einige Strähnchen schimmerten rötlich. Die Herbstsonne ließ sie funkeln.

Erst im letzten Moment bemerkte Ulrich, dass sich Lisa erhoben hatte. Sie hängte ihre Tasche um und ging gemächlichen Schrittes über die Terrasse. Er hatte sich einen Gruß, ein Wort erhofft. Er nahm ein Nicken wahr und wünschte sich, dass es ihm galt.

Zürcher Episoden

(Petra gewidmet)

I

Sie ließ auch ihren zweiten Kaffee kalt werden. Sie schrieb einige Zeilen, las das Geschriebene, löschte den Text. Der Cursor bewegte sich in recht schnellen Schritten wieder vorwärts und raste in Windeseile wieder zurück.

Ihr wollte der Text einfach nicht gelingen. Von Anfang an. Schon in den letzten Tagen hatte sie Schwierigkeiten gehabt, ihre fertigen Gedanken aufs Papier zu bringen. Wobei heutzutage ja von „aufs Papier bringen" nicht mehr die Rede sein konnte. Auch das verführte dazu, schneller zu schreiben, schneller zu löschen und schneller zu vergessen. Noch vor wenigen Monaten war es ihr gewohnt leichtgefallen, aus einer Idee einen Gedanken und daraus eine Szene und einige Sätze zu machen. Meistens sogar ununterbrochen fortfahrend. Ganz selten musste sie den Cursor rückwärtslaufen lassen, um ein Wort zu ersetzen oder einzufügen. Doch jetzt war alles anders, ungewohnt neu.

Sie ging zu ihrer Kaffeemaschine und wartete auf ihre dritte Tasse.

SIE HATTE SICH ZU SEHR UNTER DRUCK setzen lassen. Sie hatte die enge Zeitplanung unterschätzt und ihre Energie überschätzt. Sie war wieder einmal zu naiv gewesen, zu gutgläubig, zu entgegenkommend. Sie hatte nie großen Wert auf Vertragsklauseln und Paragrafen gelegt. Mündliche Vereinbarungen und der flexible Umgang damit lagen ihr näher.

Auf sie konnte man sich immer verlassen. Sie hatte schon Nächte durchgearbeitet, Urlaube verkürzt und seit langem vereinbarte Wochenendvergnügungen ersatzlos gestrichen. Nur, um dem Verlag oder ihrem Lektor entgegenzukommen. Man hatte es ihr immer gedankt. Mit einem Blumenstrauß oder einer exklusiven Packung Konfekt. Die Pralinés gab sie regelmäßig an ihre Nachbarin weiter. Die Blumen verschönerten meist nur für drei Tage ihre Wohnung.

Sie setzte sich mit ihrer Tasse auf den kleinen Balkon. Sie genoss das die Ruhe verstärkende Gezwitscher. Es war noch früh am Morgen.

SIE STAND UNTER DER DUSCHE, als ihr diese verrückte Idee durch den Kopf schoss. Warum sollte sie an diesem wunderschönen Morgen ihren Cursor immer wieder rückwärts rasen lassen, statt das Erwachen der Stadt zu genießen. An diesem sonnigen Tag, der laut Wetterbericht wahrscheinlich der letzte für eine ganze Woche sein würde.

Sie ließ sich Zeit. Sie hatte ein neues T-Shirt übergestreift und war dabei, den Reißverschluss ihrer Jeans hochzuziehen, als es ihr gelang, eine zweite verrückte Idee festzuhalten. Sie stand wieder nur mit einem Slip bekleidet vor dem Kleiderschrank. Sie griff nach einem seidenen Unterhemd. Ihre Entscheidung stand fest: das schlichte schwarze Kleid, die flachen schwarzen Schuhe. Keine Strümpfe. Vor dem Badezimmerspiegel machte sie aus ihrem etwas struppigen Haarschopf mit Hilfe von Schaum, Spray und Heißluft eine wirkliche Frisur.

Sie klappte ihren Laptop zu. Sie packte Schlüssel, Zigaretten und etwas Geld in ihre Handtasche, hängte diese um und zog hinter sich die Wohnungstür zu. Sie hatte die Parkallee gerade überquert, als sich der Himmel verdunkelte und Nieselregen fiel. In der Ferne war Donnergrollen zu hören. Zum Glück fand sie nach wenigen Metern Unterschlupf vor einem Restaurant.

II

ER FLÜCHTETE UNTER DAS VORDACH. Der Regen hatte ihn überrascht. Wie viele andere Passanten. Ein Sturzbach prasselte auf die Ziegelimitate. Die Menschen rückten noch zusammen, wenn jemand hinzukam. Niemand hatte einen Schirm dabei. Manche schauten auf ihre Armbanduhr, andere streckten den Arm aus. Als mache dies ein Nachlassen des Platzregens wahrscheinlicher.

Frauen beklagten die Zeit, die sie für Frisur und Make-up vergeudet hatten. Männer kramten mühsam ein Handy aus der Innentasche ihres Jacketts. Achselzuckend mussten erste Hinzukommende abgewiesen werden. Alle hatten sich auf die Vorhersage verlassen. Der Wetterumschwung war für den späten Nachmittag oder Abend angekündigt worden. Nicht für den frühen Vormittag. Die Rinnsteine konnten die Wassermassen nicht fassen. Blätter, Zweige und Unrat verstopften die Abflüsse. Kleine Fluten schwappten auf die Trottoirs. Teure Schuhe nahmen Schaden.

ER WAR EIN VERSAGER. Dieser Meinung waren nicht nur seine Vorgesetzte und mancher Kollege, sondern auch er selbst. Er würde es auch heute unter Beweis stellen. Seine Bereichsleiterin hatte für zehn Uhr ein kurzes Meeting anberaumt. Man wolle ihm nochmals die Gelegenheit geben, sich zu erklären. Sie werde den Kollegen Praedli hinzuziehen, hatte in der E-Mail noch als Post-skriptum gestanden. Als in der Sache kundigen und die Abteilung gut kennenden Dritten. Ausge-rechnet Praedli, der seit Monaten intrigierte und es im Grunde genommen seit seinem Eintritt in die Firma vor anderthalb Jahren auf die Stelle als Abteilungsleiter abgesehen hatte.

Er würde beiden in feuchter Kleidung, Gesicht und Haare nur notdürftig abgetrocknet gegenübersitzen. Wenn er es überhaupt schaffen würde, pünktlich im Büro zu sein. Der Regen ließ noch nicht nach. Er könnte zur nahen Tram laufen, wäre im Trockenen, müsste aber am Bankenplatz nochmals umsteigen. In einer halben Stunde wäre das nicht zu schaffen. Er würde noch einen Moment abwarten.

ER NAHM ZUNÄCHST IHR PARFÜM WAHR. Dann das knallrote enge Kleid. Dann die außergewöhnliche Frisur. Dann die Schuhe. Der Sturzbach war in der Zwischenzeit zum sommerlichen Landregen gewor-den. Der Asphalt dampfte. Schwüle stieg empor. Man begann zu schwitzen.

Solch einen Duft hatte er zuletzt vor zwanzig Jahren bewusst wahrgenommen und eingesogen. Nicht zu schwer, keineswegs süßlich, aber pudrig, verführerisch. Das Parfüm trübte wie früher seine Sinne. Ihr Kleid war von schnörkelloser Eleganz, knapp über den Knien endend. Pechschwarze Haare, glänzend wie gelackt, ein Bubikopf. Rote Pumps, auf eine besondere Weise schlicht, wie es nur sehr teure sein können.

Sie war unter dem Vordach an ihn heran-gerückt. Als sich die Gruppe allmählich auflöste, begleitete sie ihn ein paar Schritte. Unabsichtlich. Man hatte den gleichen Weg bis zum Fußgänger-übergang. Auf der anderen Straßenseite blieben beide kurz stehen, schauten sich an. Er wollte sich mit einem kurzen Gruß verabschieden, als die Unbekannte sich bei ihm unterhakte. Mit zwei, drei Schritten gab sie die Richtung ihres gemein-samen weiteren Weges vor.

III

SIE HATTE IHN SOFORT IN AUGENSCHEIN GENOMMEN. Der Nasenschmuck und der Ohrring hatten ihre

Aufmerksamkeit gefunden. Sein langes Haar und die Lederkleidung sowieso. Sie überlegte nicht lange, ob sie an diesem Tag ins Büro oder lieber zum Seeufer gehen sollte. Noch bevor sie mit dem Fremden die breite Straße querte, fragte sie ihn, ob er sich vorstellen könne, sie heute Vormittag zu begleiten. Egal wohin, gern zum See. Er sagte ja. Sie war sichtlich erleichtert.

Sie nahm ihn bei der Hand, lächelte ihm zu, und gemeinsam eilten sie durch die Bahnhofstraße. Der Regen hatte gänzlich aufgehört. Die Sonne blinzelte wieder durch die Wolkendecke. Schon nach zwanzig Minuten hatten sie die Quaibrücke erreicht, setzten sich auf eine Bank und blickten stumm auf das Wasser. Kinder fütterten Schwäne, Tretbootfahrer wagten sich wieder auf den See, vor den zahlreichen Imbissbuden wurden Tische abgewischt. Eine Frau in einem schwarzen Kleid watete barfuß am Seeufer entlang und schien sie zu beobachten.

Er erzählte von seinen Auslandsreisen. Sie hörte aufmerksam zu. An Osteuropa und Israel war sie besonders interessiert.

Sie überraschte ihn dann ein zweites Mal. Diesmal mit dem Vorschlag, mit dem Dampfer nach Rüschlikon zu fahren und sich im *Mönchhof* einzuquartieren.

SIE WAR NICHT ZUM ERSTEN MAL HIER OBEN. Man konnte es der Art und Weise entnehmen, wie sie begrüßt und ihr am Empfang die Schlüsselkarte zur Suite und ein dreieckiges schwarzes Behältnis überreicht wurden. Namen fielen keine, auch nach Gepäck wurde nicht gefragt. Sehr exklusiv und außerordentlich diskret. Der gute Ruf hatte bis heute seine Gründe.

Sie wusste, er hatte in seinen besten Jahren vergleichbare Etablissements in Biarritz, San Remo und auf Malta gekannt. Zuletzt dann nur noch die in Romanshorn, Oberägeri, Grosswangen und drüben im Welschen, in Châtillon. Die dem wilden und schamlosen Selbstdarsteller leidenschaftlich zugeneigten Gattinnen von Kulturbeamten, Museumsleitern und Kunstmäzenen entführten ihn bisweilen dorthin.

Der Aufzug hielt in der dritten Etage. Teppiche schluckten ihre Schritte. Die mannshohe chinesische Vase stand schon etliche Jahre am Ende des Flurs. Sie gehörte zum Inventar wie das gedämpfte Licht.

Sie nahm sich den Vortritt, bevor er ihr diesen lassen konnte. Sie durchquerte das große Zimmer, öffnete die Balkontür, streckte ihre Arme weit von sich, wies jauchzend auf die Weite des Sees. Die Sonnenstrahlen spiegelten sich in einem endlosen Glitzern des Wassers. Sie legte ihren dünnen Mantel ab. Er prüfte die Matratze.

Sie schlüpfte aus ihrem zweireihigen Blazerkleid und stand fast nackt vor ihm. Nur das kecke Halstuch zierte ihren schmalen Hals. Eine wohlproportionierte Fünfzigjährige. Die Haut fast makellos und schon gebräunt. Die Waden einer passionierten Bergwanderin, kräftige Handgelenke. Das kastanienbraune Haar fiel ihr auf die Schultern. Sie trug keinerlei Schmuck und hatte erstaunlich kleine Füße. Sie forderte von ihm die dreizehn langen Strophen seiner *Rorschacher Elegie No. VIII* und reichte ihm dazu eine Triangel, die sie der Holzkiste entnommen hatte.

Er entledigte sich seines Staubmantels und rezitierte. Währenddessen bediente sie sich aus der Bar. Eiskalter Wodka und zwei Schalen roten und schwarzen Kaviars. Ihm gelang der Vortrag wie zu seinen besten Zeiten. Vor dreißig Jahren hatte er an einem einzigen Abend Hunderte Zuhörerinnen in seinen Bann gezogen.

Er verausgabte sich wie lange nicht mehr. Er musste sich den Schweiß aus dem Gesicht und von den Händen wischen.

Sie klatschte und nahm noch ein Glas Wodka, ihr drittes.

SIE HATTE SICH AUFS BETT GELEGT. Ihre Finger tanzten auf ihrem sehnigen Körper. Sie lockte ihn. Sie kokettierte und hatte Erfolg damit.

Er glaubte mit all seinen Sinnen zu spüren, dass er sie in seinen Bann gezogen hatte. Sie war ihm erlegen. Wie so viele vor ihr.

Er fuhr sich durch sein langes Haar, warf den Kopf zurück und ging langsam auf sie zu. Unterwegs kickte er seine Stiefel von den Füßen, zog seine Wollsocken und sein schmutziges Hemd aus. Von seiner Lederhose würde sie ihn ungeduldig und zitternd befreien müssen. Die Kette mit dem indianischen Amulett, das er vor vielen Jahren von einer Stripperin in Kleinbasel geschenkt bekommen hatte, würde er nicht ablegen.

Er griff nach der Wodkaflasche. Er deklamierte die Anfänge seiner sechs *Bündner Verse* und setzte zum Epilog der *Vergessenen Waadtländer* an. Er geriet in Rage. Sie klatschte und schrie. Sie fiebere nach ihm. Er möge kommen und ihr Geheimnis ergründen.

Er fischte mit seinen Fingern die Reste aus den Kaviarschalen, wischte sich die Hände an seiner Hose ab und verbeugte sich. Er grüßte sie und verabschiedete sich mit einem Hechtsprung über die weiß gekalkte Balustrade des Balkons.

Darauf war sie nicht gefasst gewesen.

IV

ER NUTZTE DIE GELEGENHEIT. Zwei Taxen hielten direkt vor dem Restaurant. Nachdem deren Fahrgäste gezahlt hatten, sicherte er sich eines der beiden. Hilfsbereit fragte er, ob jemand von den Umstehenden ebenfalls Richtung Oerlikon müsse. Als niemand antwortete, bestieg er sein Taxi. Er hatte seinen Hut und seine Aktentasche schon abgelegt, als eine Frau an das Fenster klopfte. Ob er sie mitnehmen könne, bis zum Irchelpark. Er bejahte und rückte etwas zur Seite. Sie setzte sich neben ihn.

Er stellte sich vor und fragte, ob sie zum Ircheler Standort der Universität wolle. Obwohl, wenn er das sagen dürfe, sie sehe nicht wie eine Studentin und auch nicht wie eine Dozentin aus. Sie lachte. Ja, für eine Studierende sei sie wohl zu alt, aber als Dozentin doch wohl noch nicht. Jetzt lachte auch er und entschuldigte sich. So habe er das nicht gemeint, doch ihr luftiges Sommerkleid, keine große Tasche, kein Rucksack, noch nicht einmal ein Tablet. Dafür ein hüpfender Pferdeschwanz. Nun gut, das gehe ihn nichts an. Er habe sich einfach nur gewundert. Nein, die Universität sei nicht ihr Ziel. Sie wolle den Vormittag tatsächlich im Park verbringen. Er fragte nicht weiter nach. Man plauderte über Belangloses.

Kurz vor den Hirschwiesen – dort würde seine Begleiterin aussteigen – wusste er, was ihn während der ganzen Fahrt irritiert hatte. Zu diesem Kleid und dieser Frisur, zu dieser Frau und ihrer unbekümmerten Erscheinung gehörte unbedingt ein ganz besonderer, unverwechselbarer Duft. Sommerlich, leicht, ein Hauch Blumiges. Schmetterlinge, flatternd. Nach der Verwaltungsratssitzung würde er in seinen Erinnerungen graben müssen.

DIE LAGE WAR ALLES ANDERE ALS ERFREULICH. Die Hürden, die neuerdings im Südamerika-Geschäft zu überwinden waren, erwiesen sich als hohe Barrieren. In zwei Ländern war vor wenigen Monaten die politische Macht in andere Hände übergegangen, in dem wichtigsten nicht zum ersten Mal in die des Militärs. Zwar waren die Verträge schon längst unterschrieben, doch es würde diplomatisches Geschick und sehr viele Franken kosten, die neuen Machthaber bei der Stange zu halten. Ein Volumen von fast anderthalb Milliarden stand auf dem Spiel.

Leider war die Mehrheit des Verwaltungsrates von seiner Strategie nicht überzeugt. Es gab zaudernde, auf der anderen Seite allzu forsche Herren. Und es gab natürlich Dr. Wygg-Kaehlman, CEO des Konzerns und im Dienst des Hauptaktionärs. Er ritt auch sein persönliches Steckenpferd. Er wollte ihn, den besonnenen, ausgleichenden Verwaltungsratspräsidenten aus dem Weg räumen. Ihn, der in den in dieser Angelegenheit besonders wichtigen Berner Bundesgremien geschätzt wurde.

Noch war nichts entschieden. Man hatte sich vertagt. Doch die Zeit drängte. Er würde morgen oder übermorgen mit Radwil und Gouchot sprechen. Bei einem guten Essen und einem exzellenten Pomerol, einem 2016er *Château Latour*. Gisèle hatte ihn zum Siebzigsten damit beglückt.

DER SOMMERTAG GING mit einem einzigartigen Licht zu Ende. Die letzten Sonnenstrahlen erreichten gerade noch die Häuser am Ostufer des Sees. Die Goldküste machte jetzt ihrem Namen alle Ehre. Die Ausflugsschiffe steuerten zum letzten Mal an diesem Tag die Anlegestelle an. Auch die kleinen Motorboote würden bald nicht mehr zu hören sein.

Zum Sonnenuntergang wurde es kühl. Er legte sich einen dünnen Pullover über die Schultern. Mit Radwil und Gouchot hatte er gleich telefoniert. Sie würden übermorgen kommen und hatten signalisiert, seine Vorschläge wohlwollend zu prüfen. Er goss sich einen zweiten Walliser Merlot ein.

Offenbar hatte die Irchelpark-Besucherin über den Taxiruf sein Fahrziel eruiert – wohl unter dem Vorwand, sich bei dem ihr unbekannten Fahrgast erkenntlich zeigen zu wollen. Der Rest war einfach. Über die Homepage der AG hatte sie dann seinen Namen gefunden und ihn vor einer Stunde angerufen. Sie hatte sich nochmals bedankt und ihn zu einem Drink in eine Bar am Lindenhof eingeladen.

Der Vormittag im Park sei übrigens wunderbar gewesen. Sie habe die vielen Vögel, die kleinen Kinder und deren Nannys beobachtet. Sie habe die Sonne und den Duft des nassen Grases und Bodens genossen. Und sie sei dann doch noch einmal hinüber zur Universität gegangen. Dort habe sie in der Bibliothek zwei Bücher ausgeliehen. Psychologische Studien zu erfolgreichen Männern.

Falls es ihn interessiere, er hatte vorsorglich sofort ja gesagt, könne sie ihm ja bei nächster Gelegenheit, also in der Bar, etwas von sich, ihrer Arbeit und ihrem Hobby erzählen. Aber nur, wenn auch er es tue. Um ihm bis dahin unnötiges Kopfzerbrechen zu ersparen: Sie sei sechsundvierzig

Jahre alt, Major der Kantonspolizei, unverheiratet, lebe allein. Seit vielen Jahren und gern.

Er hatte zugesagt.

V

NACH DEM KURZEN UNWETTER waren nur in einigen Quartieren Schäden zu beklagen gewesen. Überflutete Keller, ausgefallene Trafostationen, beschädigte Fahrzeuge. Doch alles in allem war man sehr glimpflich davongekommen. Besser als benachbarte Kantone.

Ihr Tagwerk hatte wieder eine gewisse Regelmäßigkeit bekommen. Nun zeichnete und plante sie jeden Werktag – außer mittwochs – von morgens sechs bis dreizehn Uhr. Sie unterbrach die Arbeit zwischen neun und zehn für ein kleines halbstündiges Frühstück, das sie auch für einen Blick in die Zeitung nutzte. Nach ihrem Mittagessen ging sie hinüber zum Supermarkt oder erledigte andere kleine Gänge. Ab fünfzehn Uhr wälzte sie Fachliteratur, recherchierte im Internet, erledigte misslichen Schreibkram. Um punkt achtzehn Uhr ließ sie alles stehen und liegen.

Darauf war sie stolz. Nach einem kalten Imbiss ging sie ins Kino, besuchte ihre Mutter am anderen Ende der Stadt, las einen Roman, schlief vor dem Fernseher ein. Das hing von ihrer Tagesform ab.

SIE WAREN SICH ERSTMALS AM SEEUFER BEGEGNET. Er schob den Rollstuhl seiner Frau. Sie joggte, wie sie es jeden Mittwoch und Sonntag tat.

Auf der Höhe des Chinagartens waren sie ins Gespräch gekommen. Er hatte ein Brillenetui auf einer Bank liegen gelassen, und sie hatte sich bereit erklärt, die hundert Meter zurückzulaufen und es zu holen. Für ihn wäre es, den Rollstuhl über den Kiesweg schiebend, beschwerlicher gewesen. Und seine Frau wollte er nicht alleine stehen und warten lassen.

Sie wechselten ein paar belanglose Worte. Der langsam zu Ende gehende Sommer, geplatzte Urlaubspläne und die verschmutzten Uferwege. Beliebige Themen. Am darauffolgenden Sonntag sprachen sie schon über die eigentlich viel zu teure Mietwohnung, über ihre Lieblingsspeisen und die bevorstehende Volksabstimmung. Die grünen Augen und die schlammgrün lackierten Fingernägel waren ihr sofort ins Auge gefallen.

Für den vergangenen Mittwoch hatten sie sich bereits ausdrücklich verabredet. Gegen neun

Uhr sei sie dann meistens Richtung Seefeldquai unterwegs, hatte sie gesagt. Sonntags, wie sie ja mittlerweile auch wüssten, eher eine Stunde später. Sie hatten hinter dem Schachfeld eine ruhige Sitzecke gefunden. Hier konnte sie ihre Dehnübungen machen, die sie zuhause immer gern vergaß, und dabei sogar eine angenehme Unterhaltung führen. Reto und Krista packten eine Tüte mit Brotkrumen aus und fütterten Enten und Spatzen. Sie knabberte ihren Power-Riegel.

Sie seien glücklich verheiratet. Natürlich erschwerten der Rollstuhl beziehungsweise ihre eingeschränkte Mobilität das gemeinsame Leben. Doch ihre Liebe habe keinen Schaden genommen. Trotz des Altersunterschieds, sagte Krista, Reto sei immerhin fast zehn Jahre jünger. Für das alltägliche Miteinander habe man nach dem Unfall neue Wege, Regeln und Tricks gefunden. Sie könnten sich nicht beschweren, sagten beide mit einem stolzen Lächeln im Gesicht. Nur, und dieses Bekenntnis kam zu ihrer Überraschung wiederum von Krista, nur das Sexuelle, die intime Zärtlichkeit und Lust und Erfüllung hätten gelitten. Das sei einfach so. Reto bestätigte die Feststellung mit einem Nicken.

Nachdem sie sich an diesem Tag von dem Paar verabschiedet hatte, war Reto nochmals ein paar Schritte auf sie zu gegangen. Wenn sie möge, sie würden ihre neue Bekanntschaft gern einladen, zu einem schönen Abend. Sie würden sich beide sehr freuen, wenn sie ja sagen würde.

Sie sagte sofort zu und dachte erst auf ihrem Heimweg darüber nach. Falls Reto aufdringlich werden würde, konnte sie am Freitagabend immer noch nein sagen und gehen. Ja, vielleicht wusste die selbstlose Krista von den Absichten ihres Mannes. Sie würde sehen.

DIE EBENERDIGE WOHNUNG in der Höschgasse war großzügig geschnitten. Vier Zimmer, eine sehr moderne Küche mit Speisekammer, ein großes barrierefreies Bad. Sie konnte sich jetzt ziemlich genau vorstellen, was das Paar mit der „eigentlich viel zu teuren" Miete gemeint hatte.

Doch Reto war immerhin Redakteur beim *Tagesanzeiger*, und Krista hatte geerbt und das Haus am Hochrhein zu einem guten Preis verkauft. Außerdem hatte die Siebenunddreißigjährige bis zu ihrem Missgeschick, so nannte sie ihren schweren Sturz mit dem Mountainbike, gut verdient.

Sie hatten ein kaltes Abendessen vorbereitet. Reto liebe die Fische aus den Seen, vor allem Egli und Trüsche, sagte Krista. Ein Freund betreibe eine Räucherei drüben in Pfäffikon. Sie tranken einen frischen Bündner Grauburgunder. Ihre Plauderei war ungezwungen. Sie lachten und machten sich Komplimente. Es lag nicht allein am Wein, dass man noch an diesem ersten Abend auf die sexuelle Begierde und deren Befriedigung zurückkam. So beiläufig und offenherzig, als seien die Drei seit vielen Jahren eng befreundet.

Am Ende half Reto seiner Frau aus dem Rollstuhl. Er trug sie zu ihrem übergroßen Bett. Er werde morgen früh nicht vor zehn Uhr zurück sein. Er griff nach einer im Flur stehenden Reisetasche und verabschiedete sich.

Krista hatte die lange Reihe Knöpfe geöffnet und sich ihres knöchellangen Ethnokleides entledigt. Ihre künftige Geliebte tat es ihr gleich und schlüpfte aus ihrem Cocktailkleidchen. Zwei überraschend mädchenhafte Körper. Sie zeigten beide keine Scheu, sich zu verwöhnen. Beide auch zu ihrem eigenen neuen Glück.

VI

SIE HATTEN SICH FREUNDLICH BEGRÜßT, ohne förmliche Zurückhaltung, aber auch ohne über-

triebenes Tamtam. Beide mit einem unverhoh-
lenen Blick der Vorfreude. Er machte ihr kleine
Komplimente – zu ihrer Frisur, dem Armband,
ihrem Witz. Sie beglückwünschte ihn zu seinem
bevorstehenden Kurzurlaub im Ferienhaus in
Sant' Abbondio.

Er nahm recht früh einen zweiten *Laphroaig
Lore*. Sie blieb recht lange bei ihrem ersten Glas
Weißwein. Sie sei herzlich eingeladen und könne
jederzeit ein paar Tage oder länger im Tessin
verbringen. Ein Anruf genüge. Er würde seinem
Nachbarn und der Aufwartefrau Bescheid geben.

Banales füllte die Stille. Im Appenzeller Land
waren zwei Kletterer abgestürzt. Bei Luzern werde
die A2 in nördlicher Richtung grundsaniert; ellen-
lange Staus seien absehbar. Die Todesfälle im
Stadtspital waren endlich von den Titelseiten
verschwunden. Sie waren sich uneinig, ob Roger
Federer seine Tenniskarriere beenden sollte.

Die französischen Zöpfe, die hochgeknöpfte
weiße Bluse, das Samtband unter dem Kragen und
der kurze Faltenrock erinnerten ihn an seine Jahre
als Tutor am Pensionat in Bienne. Er war darauf
nicht vorbereitet. Sie erregte ihn. Mit fünfundzwanzig Jahren wie eine Vierzehnjährige daher-
zukommen, war unfair. War gefährlich. Er bekam
Schmerzen.

JA, ER HATTE SICH VERLIEBT. Vor einigen Wochen. Im Einkaufszentrum unter dem Hauptbahnhof. Mitten im Trubel der vielen Menschen. Er war ihr nachgegangen und hätte nicht erklären können warum. Er hatte sie vor einer Confiserie verloren, sah einen Schatten in einer Drogerie verschwinden, fand sie wieder – auf der Rolltreppe zur Limmatseite hin. Er war am Museumsufer auf und ab gegangen. Er war wieder hinuntergefahren und erneut zurückgekehrt. Er lief bis zur Walchebrücke, ging auf der gegenüberliegenden Flussseite zurück zum Bahnhofsplatz. Vergeblich.

Er hatte sich auf die Mauer an der Limmat gesetzt und angestrengt nachgedacht, gezweifelt, sich vergewissert. Das Warum blieb unbeantwortet. Das Weshalb quälte ihn. Er sagte sich, dass es aussichtslos war. Er wollte nicht glauben, dass dem so sein musste.

Der zarte Duft unbeschädigter Neugier war verschwunden. Vor dreißig Jahren im Welschen hatte man ihm den süßen Duft genommen. Warum drängte man ihm heute die Verführung wieder auf?

SIE MACHTEN IHM HEUTE NOCH AVANCEN. Manchmal. Auf eine unbekümmerte und beiläufige Art, die es in seiner Jugend nicht gegeben und die er in seinen besten Jahren nur selten erlebt hatte. Er bewunderte die jungen Frauen, doch er fühlte sich ihnen nicht gewachsen.

Er erinnerte sich an Vorfälle und Gesichter, an stumme Stimmen und flehende Augen, die er verdrängt und vergessen hatte und die in seinem Inneren ein schwarzes Loch hinterlassen hatten. Ein Loch, das auch über Jahrzehnte hinweg nicht anderweitig zu füllen gewesen war und sich nun plötzlich wieder auftat.

Die Vergangenheit ließ sich nicht zurückholen. Korrigieren sowieso nicht. Selbst die Erinnerung an das Vergangene war getrübt. Das Erinnern war immer wieder ein neues, ein unbemerkt anderes. Das Vergangene wurde neu erfunden. Genasführt durch Gegenwärtiges.

VII

Sie saß vor dem Kamin. In der Hand ein Glas besten Champagners. Neben sich einen Stapel ausgedruckter Seiten. Der schüchterne Abteilungsleiter, der abgehalfterte Ego-Shooter, der besonnene Verwaltungsrat, der bekümmerte Redakteur, der von seiner Vergangenheit eingeholte Beau leisteten ihr Gesellschaft.

Das schlichte schwarze und das knallrote enge Kleid sowie das gewagte zweireihige Bürokleid hingen ordentlich auf Bügeln. Daneben das bunte Sommerkleid, das knöchellange Ethnokleid und natürlich auch der kurze Faltenrock.

Sie prostete den Herren zu. Sie setzte sich aufrecht und nahm das Manuskript zur Hand. Sie löste den Gürtel ihrer Jeans und begann zu lesen.

Die Villa
am Rhein

I

SIE HATTE ZUM ZWEITEN MAL AN DIESEM TAG mit Mühe ihren kleinen Koffer und seine Reisetasche in die Gepäckablage gewuchtet. Sie setzten sich auf die beiden reservierten Fensterplätze und richteten sich für die nächsten drei Stunden ein. Zwei Tageszeitungen, die dicke *ZEIT*, ein Taschenbuch, Brillenetuis, Tupperware mit kleingeschnittenem Obst und belegten Broten, eine kleine Flasche *Vittel*. Ihr Anorak, der neue *Goose of Canada*, und sein verknittertes Jackett hingen an den dafür vorgesehenen Haken. Sie schnauften kräftig durch und sortierten unter dem Tisch ihre Beine.

Der ICE war schon wieder angefahren. Zum Glück schienen die beiden anderen Tischplätze frei zu bleiben. Sie waren bereits seit dem Vormittag unterwegs und konnten den Platz, etwas Ruhe und eine entspannte Fahrt wirklich gebrauchen. Früher, so dachten in diesem Moment beide unabhängig voneinander, hätten sie solch ein eigennütziges Ansinnen belächelt. Sechs oder acht Stunden in überfüllten Zügen, die Hälfte der Zeit auf dem Fußboden sitzend, rauchend, den Seesack oder die Sporttasche im Rücken, waren keine Seltenheit gewesen. Er pendelte damals zwischen Lannion und Aix-en-Provence, sie zwischen Anklam und Dresden. Er studierte am *Conservatoire Darius Milhaud,* sie an der Technischen Universität. Ihm hatten es die Frühe Neuzeit, Kunst und Kultur angetan, sie begeisterte sich für den Maschinenbau.

Als Alphonse Le Yaudet und Bettina Erkner sich dann 1990 in Wien kennenlernten, verdingte sich der mittlerweile wieder in der Bretagne am Stammsitz seiner Familie lebende Archivar und Schriftsteller als Kurator kleiner Ausstellungen. Die Ingenieurin aus Karl-Marx-Stadt sah dagegen zur gleichen Zeit dem nahen Ende ihrer Berufskarriere und ihres bisherigen Lebens entgegen. Das Textilmaschinenkombinat, in dem sie in den fünfzehn Jahren seit ihrem Studienabschluss ihr Brot verdient und ihren Fortschrittsglauben verausgabt hatte, stand vor der Zerschlagung. Sie war in der Entwicklungsabteilung groß geworden, später wurde sie interimsweise zur stellvertretenden Werksleiterin in Apolda berufen, und die letzten und schönsten Jahre hatte sie als Exportmanagerin in der Textima-Zentrale verbracht. Häufige Dienstreisen in die ihr zugeordneten vorderasiatischen Sowjetrepubliken entschädigten sie für die damals in der heimischen Wirtschaft rapide zunehmenden Probleme.

Im Frühsommer des ersten Jahres nach dem Mauerfall, fast auf den Tag genau heute vor zwanzig Jahren, hatten sich Alphonse Le Yaudet und Bettina Erkner in einem Café des Museums-Quartiers am Ring wiedergetroffen. Wie von der Geisterhand des Zufalls geführt, wollten sie sich im gleichen Moment an einem der Fensterfront nahen Tisch niederlassen. Sie hatten aufgeblickt, sich verdutzt angeschaut und sich dann lachend gesetzt. Er dabei erst, nachdem er ihr den Stuhl zurechtgerückt hatte. Später sollte Bettina Erkner immer wieder von dieser Szene erzählen.

Verdutzt waren sie beide, weil sie sich keine Stunde zuvor bereits einmal begegnet waren. Zum ersten Mal in ihrem Leben. Im Museumsshop hatten sie sich vor den ausliegenden Biografien und dem Postkarten-Ständer fast auf den Füßen gestanden. Die schmächtige Frau war in einen Band über Warhol vertieft gewesen, als dem korpulenten Franzosen ein Kartenset aus der Hand fiel. Sie war flinker als er, bückte sich und gab ihm die Fotografien zurück. Die Postkarten zeigten Szenen aus Theateraufführungen der zwanziger und dreißiger Jahre. Ihr zweites Zusammentreffen kurz darauf stand dann fast zwangsläufig im Zeichen des Theaters. Im Café unterhielten sich die beiden sprunghaft über Schnitzler, Piscator, Reinhardt, Brecht und Horvath. Und über einige Franzosen, die Bettina Erkner, wie sie eingestand, kaum kannte. Sie genoss die Plauderei. Le Yaudet sprach sehr gut deutsch. Sie landeten schließlich bei den Schwierigkeiten französischer Dramatiker, mit ihren in Paris sehr erfolgreichen Stücken zwischen den Weltkriegen auch auf Berliner Bühnen zu reüssieren.

Zwei Stunden, nachdem sie sich zufällig kennengelernt hatten, verabredeten sich Bettina Erkner und Alphonse Le Yaudet für den nächsten Abend im Akademietheater. Der Franzose sicherte zu, über einen guten Bekannten zwei Karten für eine eigentlich ausverkaufte Tabori-Inszenierung zu besorgen.

Zwei Jahrzehnte später, heute Abend, am Ende ihrer Zugfahrt, in nicht ganz fünf Stunden würden sie diesen Bekannten, der mittlerweile ein guter Freund von Alphonse war, wiedersehen. Er hatte sie eingeladen, ein Wochenende im Rheingau zu verbringen. Ein reizendes Angebot, wie beide fanden, für das sie ohne lange zu überlegen die in ihrem Alter mittlerweile beschwerliche Anreise auf sich nahmen. Sie freuten sich auf die zwei Tage. Sie und er aus verschiedenen Gründen.

WÄHREND DAS DEUTSCH-FRANZÖSISCHE PAAR sich im ICE nach Frankfurt am Main eingerichtet hatte – er las einen Roman von Le Cleuzot, sie hatte Kopfhörer in den Ohren und hörte Amy Winehouse, wobei beide immer mal wieder kurz einnickten –, standen Caspar Hagen und Dragana Šabac-Hagen im Stau. Seit einer halben Stunde bewegte sich rein gar nichts. Baustellen über Baustellen, und als sei dies nicht bereits genug, waren bisher schon gleich zwei Unfälle dazugekommen, die aus der vierspurigen Autobahn im Abstand von zehn Kilometern eine zweispurige gemacht hatten.

„Wir hätten doch die Bahn nehmen sollen, gerade am Freitag."

Caspar Hagen gab seiner Frau keine Antwort. Es würde nichts nutzen. Zumal sie es gewesen war, die die Fahrt im Auto vorgeschlagen hatte. Es sei bequemer als in den vollgestopften Wochenendzügen, und außerdem seien sie mit dem SUV über die Tage unabhängiger, hatte Dragana gesagt. Sie könnten sich so auch mal zwischendurch davon-machen, wenn die Luft zu dick würde. Und sie wären auch bei der Heimreise nicht von Fahr-plänen abhängig. Wann und warum „die Luft zu dick" werden könnte, hatte sie natürlich nicht ausgeführt. Sie erklärte ihre kategorischen Aus-sagen nie, weder die, die ihr Mann zustimmungs-würdig fand, noch die, die sich anschickten, irgendetwas oder irgendwen zu vernichten.

Er hatte ihr freigestellt, ihn auf der Tour in den Südwesten zu begleiten. Doch sie hatte – wie erwartet – ohne zu zögern zugesagt, mitzufahren und ihn nicht allein zu lassen.

„Obwohl, das weiß ich, eingeladen bist in Wahrheit nur du." Und sie fügte den Wortwechsel kategorisch beendend hinzu: „Alte Kumpane, ewige Männerfreundschaft. Wie ich das hasse!"

Caspar Hagen hatte nicht nachgefragt. Er ahnte die Gründe ihrer Abneigung gegenüber seinen langjährigen besten Freunden. Doch er hatte gelernt, sich im Privaten auf das Überstehen der nächsten Minuten und Stunden und Tage zu konzentrieren. Emotionen und Entscheidungen, die die nächsten Jahre umkrempeln, auf den Kopf stellen, die Zukunft einfach offen und unbestimmt lassen würden, hatten keinen Platz mehr in seinem Eheleben. In seinem Business durchaus.

Dragana Šabac-Hagen war einundvierzig Jahre alt, in Cuxhaven geboren, Kind serbisch-kroatischer Eltern, die bereits Ende der sechziger Jahre ihre Heimat verlassen und im Norden Arbeit gefunden hatten. In ihrer Jugend war sie eine vielversprechende Handballerin und fleißige Schülerin gewesen. Sie wollte Mannequin, dann Stewardess werden. Sie hatte nach einem komplizierten Unterarmbruch den Sport sein lassen, Monate voller Liebeskummer überstanden und in nur vier Jahren fünfzehn Kilo zugelegt. Als sie Caspar kennenlernte, war Dragana dreiundzwanzig Jahre alt, lebte bei ihren Eltern in einer neuen Hochhaussiedlung im Grünen und hatte ihre Ausbildung bei Peek & Cloppenburg beendet.

Sie hatte Caspar am Vatertag kennengelernt. Er war mit seiner Clique aus Hamburg an die See gekommen. Ein hübscher Kerl, charmant und betrunken. Dragana Šabac zögerte keinen Augenblick, sie griff zu. Sein gieriges Verlangen nahm sie hin. Zwei Monate später stand sie herausgeputzt und mit zwei kleinen Koffern vor seiner Zweitwohnung am Rothenbaum. Sie wusste: Caspar war ein Weiberheld, doch nun war er ihrer.

Die mollige Verkäuferin lernte schnell. Sie brauchte nur wenige Monate, um sich an Hamburg, an das noble Viertel westlich der Alster, an die Pöseldorfer Szene, zu der eben auch Caspar gehörte, und an die dort in den schrillen achtziger und beginnenden neunziger Jahren üblichen Vergnügungen zu gewöhnen. Auch an die Besitzansprüche der ehemaligen und immer wieder neuen Bettgefährtinnen ihres schönen und reichen Mannes. Doch Dragana hatte sich mehr und mehr gegen ihn und die dürren und bleichen Konkurrentinnen behauptet. Sie hatten geheiratet, trotz der Bedenken und Drohungen seiner Familie. Er hatte Dragana zur Hochzeit einen Second-Hand-Laden im Universitätsviertel geschenkt.

Heute führte sie eine exklusive Boutique hinter dem Jungfernstieg. Dragana Šabac-Hagen hatte früh erkannt, dass Konfektionsgrößen ab 42 immer mehr nachgefragt werden würden. Sie verkörperte das gerade Gegenbild zum dominierenden Schlankheitswahn. Sie verkaufte deshalb nicht nur große Größen, sondern entwickelte, unterstützt durch eine erfahrene Schneiderin und eine Modedesignstudentin, ein eigenes Label für Mollige.

HUNDERTE, WENN NICHT TAUSENDE Mitarbeiter von Abgeordneten, Ministerialbeamte, Journalisten, Verbandsfunktionäre und andere Berlin-Pendler drängten zu den Gates, an denen die Flüge nach

München, Frankfurt und Düsseldorf abgefertigt wurden. Während sich Eva Eppendorf um ein günstiges Upgrade ihres Fluges bemühte, schlürfte ihr Begleiter Fabio Gratteri seinen Espresso und unterhielt sich mit einem etwa gleichaltrigen Anzugträger. Ein männliches Mauerblümchen, wie Eva Eppendorf, Lehrbeauftragte und Leiterin einer Potsdamer Forschungsgruppe, schon mit einem einzigen Blick erkannte. Eine diplomierte Hilfskraft aus dem Bundespresseamt, überfordert und ohne einen Funken Selbstbewusstsein, wie sie während des Flugs nach Frankfurt von ihrem Liebhaber erfuhr.

Eva Eppendorf hatte nicht wirklich zugehört, musste aber dann doch schmunzeln. Sie klappte ihr *MacBook* zu, drehte sich ihrem Begleiter zu und bot ihm ihren Kussmund an. Er nahm ihn an wie er vor vielen Jahren den seiner Lieblingstante angenommen hatte. Eva Eppendorf züngelte einen kurzen Moment und prostete Fabio Gratteri mit dem Champagnerglas zu.

„So, jetzt beginnt unser drittes gemeinsames Wochenende. Toi, toi, toi! Wir werden unseren Spaß haben, oder? Ich glaube sogar, dass du ihn mögen wirst. Er ist eigentlich ein netter, eloquenter Kerl. Ihr werdet euch verstehen. Bestimmt. Ein interessanter Mann! Aber auch ein Saukerl, ein

Stinkstiefel – eben mein Ex! Prost mein kleiner Spatz!"

Fabio Gratteri, fünfunddreißig Jahre alt und damit zehn Jahre jünger als die Frau auf dem Nebensitz, war Dokumentarfilmer. Nun ja, er war derzeit noch Redaktionsassistent in einem Babelsberger Studio. Doch noch in diesem Jahr, so hatte es ihm der Vize der Produktionsfirma zugesagt, würde er mit einem ersten eigenen Filmprojekt starten können. Ideen hatte er genug, Vorschläge lagen seit Monaten auf dem Tisch. Der am meisten ausgefeilte kreiste um die Griechenland-Krise. Zusammen mit einem in Thessaloniki lebenden Studienkollegen wollte er ein kleines Dorf und dessen Bewohner über ein Jahr begleiten.

Eva döste nur scheinbar, ihre Hand bewegte sich auf seinem Oberschenkel. Er genoss das langsame und sanfte Auf und Ab, obwohl seine Gedanken schon mit dem bevorstehenden Treffen befasst waren. Er war gespannt, nicht aufgeregt, aber doch unsicher, was und wer ihn erwarten würde. Eva übertrieb gern, war impulsiv. Man durfte nicht jedes Wort auf die Goldwaage legen. Ob ihr früherer Liebhaber oder Lebensgefährte wirklich ein „Saukerl" und „Stinkstiefel" war und noch ist, würde sich herausstellen. Wie würde Eva ihn, Fabio, ihren „kleinen Spatz", wie sie ihn in den vergangenen Tagen nun schon mehrmals genannt hatte, nach dem Aus titulieren? Er war sich nicht darüber im Klaren, was in Evas Augen seine Pluspunkte und was seine vermeintlich üblen Seiten waren – oder dann in der Rückschau sein würden. Zärtlicher Liebhaber? Jungenhafter Witz? Aufschneider? Schlechter Tänzer? Oder doch Saukerl? Er selbst würde sich in jedem Steckbrief mit zwei Stärken oder auch Schwächen charakterisieren: Er war von Kind an Fan des AC Florenz und er hatte schon seit seiner Gymnasialzeit ein Faible für ältere Frauen.

DIE WOLKEN ZOGEN WEITER. Die Sonne ließ sich doch noch einmal blicken, jetzt, wo der Nachmittag zu Ende ging. Sara Demiany korrigierte ihre Entscheidung, gleich Richtung Kloster und Mühle abzusteigen. Sie hatte noch gut zwei Stunden Zeit für die Fortsetzung ihrer Wanderung oberhalb der Weinberge, um dann durch die Wingerte zum Haus zurückzukehren. Sie genoss die nun wieder klarere Sicht hinunter zum Rhein und auf das gegenüberliegende Flussufer. Es bestätigte sich: In diesem Abschnitt konnte die eher durch Zersiedelung und Industrie geprägte rheinhessische Seite nicht mit dem Rheingau, seinen sanften grünen Hängen und den darin eingebetteten Orten mithalten. Rauenthal, Martinsthal, Erbach, Kiedrich, Hallgarten, Eltville – schon die Namen sprachen für sich. Die in Fribourg lebende Fotografin liebte diese Gegend ebenso wie die Landschaft um die Westschweizer Seen. Grün in allen Schattierungen war ihre Lieblingsfarbe geworden. Deshalb zählten auch Asturien und das Baskenland, die Bretagne und das kühlere Schottland zu ihren bevorzugten Reisezielen und Landschaftsmotiven.

Am liebsten würde sie zum Abschluss ihrer Tagestour ein leichtes Essen im *Baiken* einnehmen. Doch zum einen war nicht sicher, ob sie überhaupt einen Platz würde ergattern können. Zum anderen sollte sie wohl doch schon im Haus sein, wenn die Gäste eintrafen. Sie konnte den Empfang nicht alleine Jorge und Jamila überlassen.

Sara Demiany war schon seit über fünf Jahren nicht mehr im Haus gewesen. Zwar hatte sie im Herbst 2007 anlässlich einer eigenen Ausstellung im Wiesbadener Kunsthaus auch den Rheingau besucht – sie hatte sich mit einigen Kollegen einen Abend in der *Adlerwirtschaft* gegönnt –, doch Zeit für einen Besuch ihres Vaters hatte sie nicht gefunden. Auch nicht unbedingt finden wollen.

Das Haus hatte sich nicht verändert. Warum auch. Die Neueinrichtung des ehemaligen Umkleidezimmers, des Nähzimmers und des zweiten Arbeitszimmers im ersten Stock war bereits vor zehn Jahren vonstatten gegangen. Die Räume konnten seitdem als Gästezimmer genutzt werden. Sara selbst hatte schon mit zwölf Jahren das frühere Gartenhaus bezogen, das so viel Platz bot, dass neben ihr auch die beiden Mokhtaris darin wohnen konnten.

Die vor über einhundert Jahren im Landhausstil erbaute Villa war von einem zum Rhein abfallenden Park umgeben. Seit Jorge Mokhtari sich um diesen kümmerte, hinterließ das Anwesen nicht nur ob seiner Größe und mächtigen Bäume, sondern auch wegen des üppigen Bewuchses mit Sträuchern, Blumen und Kletterpflanzen bei allen Besuchern und Passanten einen nachhaltigen Eindruck.

Als die Wanderin gerade die Bahnunterführung hinter sich gelassen hatte, schlug es vom Kirchturm achtzehn Uhr. In den Höfen der Gasthäuser blieben die meisten Tische unbesetzt, es war zumindest gegen Abend doch noch zu frisch. In den drei Wirtschaften entlang ihres Wegs war jedoch bereits die Zeit für einen Dämmerschoppen angebrochen. Das *Bischofshöfchen* war heute offenbar besonders gut besucht. Noch waren es überwiegend Einheimische, deren Stimmen durch die offenen Fenster zu hören waren. Wiesbadener und Frankfurter sowie von weit herkommende Touristen würden jedoch spätestens ab Pfingsten und bis in den Oktober hinein in diesem Landstrich den Ton angeben.

Sara Demiany wechselte mit der hilfsbereiten Inhaberin der *Lesestube*, die in diesem Augenblick ihren kleinen Laden schloss, ein paar Worte. Sara hatte sich für zwei Bücher interessiert. Doch die beiden vergriffenen, bereits nach zehn Jahren antiquarischen Salgado-Bände waren schwer zu beschaffen. Die Buchhändlerin versprach, sich morgen früh um weitere infrage kommende Bezugsquellen zu kümmern. Um die Mittagszeit könne Sara gern nochmal vorbeischauen oder einfach anrufen.

CASPAR HAGEN LENKTE DEN SUV auf den Rastplatz, brachte das schwere Gefährt zum Stehen und sprang aus dem Auto.

„Sorry, ich muss dringend pissen."

Seine Frau ignorierte die Erklärung, stieg selbst aus und zündete sich eine Zigarette an. Caspars Geschäftspartner sollten ihn einmal so erleben. Ihn, den DACH-Chef der Unternehmensberatung Mitchell Crown & Gull, zuständig für Deutschland, Österreich, die Schweiz und neuerdings, wenn auch nur übergangsweise, für die baltischen Länder. Ob er die Gattinnen seiner Board-Kollegen oder die immer noch raren Kundinnen ebenfalls mit einem „Ich muss dringend pissen" am Konferenztisch oder beim Cocktail-Empfang einfach stehen lassen würde? Natürlich nicht. Und natürlich wusste seine Klientel nichts oder kaum etwas von seiner oft unflätigen und ordinären Ausdrucksweise, seinem am Wochenende fast manischen Kratzen am Hodensack, den Eskapaden und seiner Zockerei. Caspar prahlte nicht, Caspar war verschwiegen. Caspar zahlte Schweigegeld, in bar oder in Gestalt eines vielversprechenden Tipps.

Caspar Hagen, der erstgeborene Sohn einer hanseatischen Kaufmannsfamilie, die zu einer uralten Dynastie von Kaufleuten, Reedern und Senatsmitgliedern gehörte, hatte seinen angeborenen guten Ruf als *ein Hagen* nur dadurch bewahren können, dass er die London Business School und Harvard mit Auszeichnung absolviert hatte und bereits mit zweiunddreißig Jahren das Londoner Büro einer New Yorker Investmentbank führte. Kurz darauf hatte er Dragana kennengelernt. Er war ihr, ihrem Hintern und seinem

Stolz und Trotz verfallen. Dass er sie nicht davonjagte, als sie an einem Sonntagmorgen plötzlich vor seiner Tür in der Heimhuder Straße stand, sie sogar aufnahm und schließlich ehelichte, war ein ihm wichtiger Schlag gegen das *Ein-Hagen-Sein.* Wie die Bordellbesuche als Schüler, die fünf Tage Gefängnis in Virginia und die späteren City-Boy-Exzesse in London.

Als Achtunddreißigjähriger wechselte Caspar Hagen zu Mitchell Crown & Gull. Seitdem war es noch schneller und steil bergauf gegangen. Der Senkrechtstarter verdiente mehr als hunderttausend Euro im Monat. Lief das Geschäft wie in den vergangenen Jahren besonders gut, kamen mit Boni übers Jahr fast zwei Millionen zusammen. Davon ließen sich das Haus auf Sylt sowie die Wohnungen in Kapstadt und Brooklyn halten. Und natürlich Dragana.

Während der Unternehmensberater seinen Schwanz wieder einpackte und sich in der versifften Toilette vergeblich nach einem Papierhandtuch umschaute, überlegte seine Liebste, wer wohl noch zu dem Wochenende eingeladen sein würde. Sie ging, so pragmatisch dachte Dragana, davon aus, dass Caspar und sie nicht die einzigen Gäste sein würden. Dann hätte ein Anruf in Hamburg oder eine E-Mail gereicht. Die aufwendig gestaltete, aber nichts weiter erklärende Karte wäre nicht nötig gewesen. Also: Wer? Warum? Gut, man würde sich überraschen lassen. Es konnten angenehme Überraschungen dabei sein. Einem Altherrentreffen würde sie sofort Adieu sagen. In Wiesbaden würde sie jetzt, um diese Jahreszeit, trotz Wochenende bestimmt ein Hotelzimmer bekommen. Im *Nassauer Hof* oder im *Schwarzen Bock* könnte sie es sich gutgehen lassen. Oder sie würde die Nobelherberge mitten im Weinberg testen, die seit zwei Jahren in Illustrierten und Magazinen auffällig oft und anpreisend vorgestellt wurde.

„So, das wäre erledigt. Ich wäre fast geplatzt, Mylady."

Caspar wischte sich immer noch die Hände an seiner Hose ab.

„Willst du für die restlichen siebzig Kilometer ans Steuer?"

Dragana zögerte, sagte dann aber – als sei es selbstverständlich: „Ja".

Sie stieg ein. Caspar umkurvte den *Porsche Cayenne* und ließ sich auf den Beifahrersitz plumpsen. Er griff seiner Frau zwischen die Beine. Dragana, die in diesem Moment froh war, eine Hose statt einen Rock zu tragen, schob Caspars Hand weg.

Caspar nahm es hin. Als er nach einem kurzen Moment, in dem er nachzudenken schien, freudig grinste und ansetzte etwas zu sagen, fuhr Dragana dazwischen.

„Jetzt erzähle mir bitte nicht wieder, wie du vor tausend Jahren mit einer strohblonden Anhalterin, Typ Cowgirl, ein Mund wie Gin Wigmore, von Billings bis Spokane gefahren bist, über fünfhundert Meilen, die Hand unter ihrem nackten Arsch."

„Das Schönste hast du vergessen, oder?"

„Schnall dich an, es geht los. Die Story kannst du heute Abend deinem Kumpan erzählen."

Dragana gab Gas. In weniger als einer halben Stunde erreichten sie Wiesbaden und die B 42 in den Rheingau. Dort standen sie schon vor Walluf erneut im Stau.

Die Regionalbahn hatte zum Glück zwölf Minuten Verspätung. Nur deshalb fiel die ihres ICE nicht ins Gewicht. Bettina Erkner und Alphonse Le Yaudet hatten ihr Gepäck auf einen Wagen geladen, waren zum äußersten Bahnsteig des Frankfurter Hauptbahnhofs gehetzt und hatten in dem vollbesetzten Pendlerzug noch zwei Klappsitze zwischen Fahrrädern und Kinderwagen ergattert.

Sie würden in Eltville ein Taxi nehmen. Sie würden sehen, ob die Adresse dem Taxifahrer ein gutes Geschäft versprach oder nur ein brummeliges „Nun gut, wenn's sein muss" entlocken würde. Ihre letzte Zugfahrt an diesem Tag würde planmäßig noch fünfzig Minuten dauern. Vor fast zwölf Stunden waren sie aufgestanden.

Die ehemalige DDR-Bürgerin, die auch heute noch gern den blauen Pass mit Hammer und Zirkel ihr Eigen nennen würde (der Ährenkranz war ihr früher weniger wichtig gewesen), hatte den Gastgeber dieses Wochenendes in all den Jahren nur drei Mal getroffen. Nach dem Theaterabend in Wien – er hatte am Nebeneingang gestanden und die beiden Karten überreicht, mit Alphonse wenige Worte gewechselt und war dann wieder gegangen – mussten viele Jahre vergehen, bis Bettina Erkner zum zweiten Mal dem einnehmenden, elegant gekleideten und offenbar einflussreichen Bekannten von Alphonse zum zweiten Mal begegnete.

Sie hatten sich anlässlich eines Abendessens im *Gundel* wiedergesehen. Alphonse hatte seit Tagen im Archiv des Jüdischen Museums an der Dohány utca gestöbert, sein Bekannter war – so sagte Alphonse augenzwinkernd – „in Geschäften" unterwegs. Sie selbst hatte sich die Thermalbäder auf der Donauinsel gegönnt. Wie zufällig oder geplant das Budapester Treffen zustande gekommen war, wusste sie nicht. Ihr Gefährte und sein Geschäftspartner hatten darüber geschwiegen.

Der Abend war gleichwohl sehr angenehm und anregend verlaufen. Das Essen war köstlich, das Ambiente des Restaurants einzigartig, eben k.u.k., die attraktive Bedienung war den beiden Männern – und auch ihr – immer wieder einen zweiten Blick wert. Ihre Plauderei war unangestrengt und ziellos. Der Magyaren-Mythos, seit dem Ende des Sozialismus noch mehr bemüht als vorher, die in vielen Straßenzügen zu findenden Zeugen des Jugendstils, die gerade in den von Touristen überfluteten Fußgängerzonen deutlich sichtbare Spaltung der Gesellschaft in hoffnungslose Arme und schamlose Gewinner. Nach dem Dessert der Themenwechsel zum Niedergang des ungarischen Fußballs. Bettina konnte an dieser Stelle, ohne etwas Interessantes zu verpassen, die Toilette aufsuchen. Zum Kaffee und Abschluss des Abends: Sollte man sich nicht öfter wiedersehen? Zu dritt. Egal wo. Es war dann nur noch einmal geschehen.

SIE HATTEN NUR HANDGEPÄCK. Zum Glück. An den Gepäckbändern herrschte das schiere Chaos. Entweder spielte die elektronische Steuerung der

Anlage verrückt, oder die Männer am Band hatten kurz vor dem Wochenende keine Lust mehr. Koffer plumpsten nur vereinzelt aus dem Schacht. Die Maschine aus Berlin war pünktlich gelandet. Eva Eppendorf und Fabio Gratteri waren bereits fünfzehn Minuten später in ein Taxi eingestiegen und standen nun vor der Villa.

„Un piccolo castello!"

Eva Eppendorf war sich nicht sicher, ob Fabio einen müden Witz machen wollte, oder ob er tatsächlich beeindruckt war.

Sie war es. Sie war es gewesen.

Dieser Drecksack hatte sich tatsächlich die Villa unter den Nagel gerissen. Ihr war die auf der schönen Einladungskarte vermerkte Adresse nicht besonders aufgefallen. Ja, jetzt, ja. Natürlich. Er hatte von der Villa regelrecht geschwärmt, sie äußerte sich eher pflichtgemäß beeindruckt, als er ihr an einem Sonntag das Anwesen gezeigt hatte. Aus dem Auto! Im Vorbeifahren! Nach vier Gläsern *Eltviller Rödchen*! Als sie dann kurze Zeit darauf selbst Interesse äußerte, hatte er abgeblockt.

„Klingeln? Oder einfach rein in das Castello?"

Bevor Eva Eppendorf antworten konnte, öffnete sich das Tor.

Die beiden kleinen Rollkoffer verursachten ein lautes Knirschen auf dem Kiesweg. Unter der an Gasleuchten erinnernden Lampe empfing sie ein älterer Mann.

„Guten Abend Señora, guten Abende Señor."

Die beiden Ankömmlinge grüßten zurück.

Eva war unsicher. Der Mann bat darum, die Koffer stehen zu lassen. Im Salon sei ein kleines Mahl vorbereitet. Selbstverständlich könnten sich die Gäste auf ihrem Zimmer erst frisch machen. Man möge ihm folgen.

Eva Eppendorf und ihr Spatz folgten dem kleinen grauhaarigen Mann.

Sie betraten ihr Zimmer, das ehemalige Nähzimmer, und erfreuten sich an dem Blick über den Rhein.

„Sehr schön."

Fabio öffnete das große Fenster. Eva trat hinter ihren Liebhaber und umarmte ihn.

Gott sei Dank brachte der dienstbare Mann, der sie gerade empfangen hatte, schon im nächsten Moment ihre Koffer. Sie schlossen ab, entkleideten sich, sprangen nacheinander unter die Dusche und gaben sich ihrer über einen langen Tag angestauten Lust hin. Fabio gewohnt zärtlich und aktiv, Eva nur scheinbar zaudernd und schließlich dominierend.

Währenddessen entstiegen Alphonse und Bettina einem zweiten Taxi.

SARA HATTE IN DER KÜCHE Jamila bei der Vorbereitung des kalten Abendessens geholfen. Bratenfleisch, Räucherwurst, Salate, Käse, etwas Obst. Dazu Bauernbrot und eine Tortilla.

Die junge Deutsche und die mehr als doppelt so alte Marokkanerin verstanden sich gut. Jamila Mokhtari wusste um die besonderen Befindlichkeiten der den Hausherrn vertretenden jungen Frau. Sie kannten sich seit mehr als fünfzehn Jahren. Die Hauswirtschafterin hatte die pubertierende Tochter des Herren über deren ersten Liebeskummer hinweggetröstet, die fliehende Studentin nie völlig aus den Augen verloren und die zurückkehrende selbstbewusste Frau in ihre Arme genommen. Wie eine Mutter ihr heimkehrendes Kind. Wohlbehalten. Erleichtert. Froh. In der Nacht darauf hatte Jamila vor Freude und Glück geweint und konnte ihrem Jorge nicht erklären, warum.

Jorge Mokhtari war der Sohn einer spanischen Tänzerin, die vor dem Zweiten Weltkrieg in einem Nachtclub in Rabat gestrandet und von einem einheimischen Beamten geheiratet worden war. Drei Jahrzehnte heiratete Jorge die jüngste Tochter eines Fischhändlers. Seitdem lebten er und Jamila zusammen. In Frankreich, kurze Zeit in Belgien und schließlich in Deutschland.

Sara hatte gestaunt, dass nach dem attraktiven Mann – er mochte etwas älter sein als sie selbst – eine deutlich ältere Dame aus dem Taxi gestiegen war. Der Schönling hatte das Gepäck greifen wollen, doch Jorge war eingeschritten und hatte das Paar nach oben zum Nähzimmer begleitet. Die Koffer brachte er unmittelbar danach in das obere Stockwerk.

Als das ungleiche Paar nicht wieder nach unten gekommen war, um einen kleinen Imbiss zu nehmen, hatte Sara einige Stoffservietten über die Platten gelegt und sich wieder zu Jamila gesetzt. Die Küche war neben dem Gartenhaus ihr Lieblingsplatz. Nicht zuletzt wegen der guten Seele Jamila. Sie unterhielten sich über den in dieser Saison nochmals teurer angebotenen Spargel. Sara liebte das Gemüse, und Jamila versprach für kommende Woche ein Spargelessen. Wenn Sara länger bleibe, sogar noch ein zweites.

„Oh, die nächsten Gäste sind angekommen."

Das Knirschen auf dem Kiesweg war deutlich zu hören. Jamila rief nach Jorge. Sara stand auf und erwartete das neu angekommene Paar auf den Stufen vor dem Haus.

Eine ältere sportliche Frau, schlank, Jeans und Anorak. Gesunde Frühjahrsbräune. Schönes graues Haar, sehr kurz geschnitten. Ihr Begleiter war übergewichtig und atmete schwer. Er machte einen etwas derangierten Eindruck, blieb auf der untersten Stufe der Sandsteintreppe stehen. Die eng geschnittene Hose stand ihm nicht, die Sneakers passten ebenso wenig, dachte Sara.

Sie glaubte, den Mann zu kennen.

Der breitete seine Arme aus.

„Sara, du Schöne, wie freue ich mich, dich zu sehen!"

Schon die überraschende Begrüßungsgeste hatte Sara irritiert, die Begrüßungsworte ließen jedoch das Blut in ihren Adern gefrieren.

„Hallo."

„Oh, Entschuldigung."

Der immer noch vor schierer Freude strahlende Mann wies mit einem Nicken auf die neben ihm stehende Frau.

„Ich glaube, ihr kennt euch noch nicht. Bettina, meine treue Lebensgefährtin seit zwanzig Jahren, Sara, die Tochter des Hauses. Eine Schönheit, wie du siehst."

Die beiden Frauen begrüßten sich mit einem verhaltenen Händeschütteln. Beiden war offenkundig nicht ganz wohl dabei.

„Bettina kennt deinen Vater übrigens fast auf den Tag genau so lange, wie sie mich kennt. Ein Zufall, zwei Zufallsbekanntschaften, nicht wahr?"

Sara hörte nicht mehr zu. Sie griff nach der Reisetasche, doch Jorge, der gerade aus der Haustür trat, war auch diesmal schneller.

„Das Umkleidezimmer?"

„Ja", antwortete die junge Hausherrin und lotste die beiden Neuankömmlinge ins Haus.

„Ein zweites Paar ist bereits eingetroffen, kurz vor Ihnen."

Sie wies mit knappen Worten auf den bereitstehenden Imbiss hin und bat Jamila, das Paar nach oben zu führen.

Sara hatte die vergangenen Tage nicht ernsthaft darüber nachgedacht, wer sich hinter den angekündigten Gästen verbarg. Sie hatte deshalb auch keine Vorstellung davon, wer, egal ob Mann oder Frau, in welcher Beziehung zu ihrem Vater gestanden hatte oder stand. Alte Freunde und Bekanntschaften eben.

Mit „Onkel Alphonse" hatte sie jedoch nicht gerechnet.

Der Porsche hielt vor der Einfahrt zum Grundstück. Es war schon spät. Das Ehepaar Hagen hatte, nachdem es sich durch den Pendlerstau hinter Wiesbaden gequält hatte, kurzentschlossen entschieden, den Tag mit einem köstlichen Mahl im vielgerühmten *Schwarzenberg* abzuschließen.

Natürlich war kein Tisch mehr frei, doch Caspar Hagen telefonierte mit dem Restaurantchef und steckte eine Viertelstunde darauf dem Oberkellner einen Schein zu.

Nun, nach zwei vergnüglichen Stunden mit Champagner, exzellentem Riesling sowie einem abschließenden zwanzigjährigen *Pedro Ximénes VOS* und nach einer fast halbstündigen Irrfahrt über Wirtschaftswege und Seitenstraßen waren die beiden Hamburger am Eltviller Rheinufer angekommen.

„Du hast hoffentlich darauf bestanden, dass für uns wie gewohnt das Umkleidezimmer reserviert wird.“

Dragana Šabac-Hagen stellte die Frage so, als hinge von der Antwort Leben oder Tod ab.

„Ich denke, er wird das wissen und so veranlasst haben“, antwortete ihr Mann, der eigentlich viel lieber weiter über das vermaledeite Navi klagen wollte.

Die Irrfahrt war nicht seine Schuld gewesen. Er hätte das Gefährt locker und freihändig zum Ziel gebracht. Dragana war anderer Meinung gewesen und hatte darauf bestanden, sich nach den Anweisungen auf dem kleinen Bildschirm zu richten. Doch schon gleich nach dem Verlassen des Parkplatzes hatte sich ihr ziemlich angetrunkener Mann in eine äußerst schmale Sackgasse verirrt. Der Abstandsalarm hatte nervtötend gepiepst.

Als die beiden Spätankömmlinge die Villa betraten, lag das eine Gästepaar noch immer im Bett, das andere hatte den Imbiss nebst Grauburgunder genossen und war dabei, sich schlafen zu legen.

Sara hatte geöffnet.

Man entschuldigte sich für die Verspätung.

„Keine Ursache. Am Freitag herrscht nachmittags immer und überall viel Verkehr. Absehbar, doch nicht jeder Stau ist vorauszusehen. Herzlich willkommen."

Sara konnte sich der Küsschen-Küsschen-Umarmung der blonden Walküre in Stretchjeans nicht entziehen, nahm sie hin und hielt dem Mann die Hand hin.

„Caspar verlässt sich nicht auf andere Menschen, leider auch nicht auf neue Technik."

Der angesprochene Mann, an dem die edlen Schuhe, Brille, Ring und Armband sowie der Slim-Fit-Straßenanzug auffielen, grunzte ein Lachen und drückte Sara die Hand.

„So ist es, meine liebe Dragana."

Das war also der berühmte Caspar, der millionenschwere Goldesel aus Hamburg. Sara hatte sich diesen von ihrem Vater oft erwähnten Spross aus dem großbürgerlichen Kaufmannsadel anders vorgestellt. Wie genau, hätte sie jetzt nicht sagen können.

„Nein danke. Ein Imbiss ist nicht nötig. Wir haben unterwegs etwas Obst gegessen."

Dragana schaute zur breiten Holztreppe.

„Ich denke, wir gehen gleich zu Bett", sagte sie scheinbar beiläufig, um dann kategorisch festzustellen: „Wir sind doch ziemlich müde, nicht wahr, mein Lieber."

„Dann wünsche ich Ihnen eine gute Nacht. Für Sie ist das Eckzimmer, das ehemalige Arbeitszimmer, gerichtet. Ich begleite Sie nach oben."

Caspar sah, wie sich Draganas Wangen und Stirn leicht röteten. Er lächelte Sara zu.

„Das ist nicht nötig. Ist ja nicht die erste Nacht in diesem wunderschönen Haus. Ich freue mich schon auf den Blick zum Fluss und hinüber zum Pavillon zwischen den Eiben."

Das Ehepaar Hagen sprach an diesem Tag kein Wort mehr miteinander. Dragana räumte wortlos die Kleidungsstücke in den Schrank. Caspar beantwortete einige Mails. Im Bett lagen sie Rücken an Rücken. Sie drangen beide wie schon unzählige Male in den vergangenen zehn oder fünfzehn Jahren und wie immer nur auf seltsamen

Umwegen zu der bitteren Erkenntnis vor, dass ihre Heirat ein Fehler gewesen war. Kein Fehler mit ernsthaften, gar schlimmen Konsequenzen. Kein Fehltritt, den man unbedingt rückgängig machen musste. Aber ein Fehler, schlicht und einfach ein Fehler. Im Laufe der Nacht rückten die beiden Körper wieder zusammen. Hände tasteten sich vor, Arme und Beine zuckten und wurden wieder zurückgezogen. Sie schliefen unruhig.

Um halb sieben brummte das Horn eines Frachtschiffes. Die Sonne stand schon über den Eiben. Vogelgezwitscher.

Dragana drehte sich auf die Seite. Sie griff nach hinten.

„Komm!"

Caspar rückte an sie heran. Ihren Hintern würde er auch heute noch gegen nichts in der Welt eintauschen.

II

Manche Tage vergisst man nicht, sein ganzes Leben lang nicht.

So ging es Alphonse Le Yaudet mit dem 28. Februar 1986. Die Sonne ließ sich kaum blicken, der Himmel war bedeckt. Es herrschten auch an diesem Freitag Minusgrade, wenngleich nicht mehr die extreme Kälte vom Wochenanfang, der dennoch sehr sonnig gewesen war.

Sie hatten sich auf einem Empfang anlässlich der *Schirn*-Eröffnung kennengelernt. Die Kunsthalle im Frankfurter Zentrum, unweit von Römer, Paulskirche und Dom, wurde über die dann folgenden Jahre zu ihrem bevorzugten Treffpunkt, wenn Le Yaudet in der Stadt weilte.

Sie waren damals im Februar schnell ins Plaudern gekommen. Das Konzept des neuen

Hauses, keine eigene Sammlung aufzubauen, sondern durch wechselnde Ausstellungen zu glänzen, war nicht nur bei den beiden das bestimmende Gesprächsthema. Die Entwicklung in der Sowjetunion, Gorbatschow, Perestroika und Glasnost waren dann beim gemeinsamen abendlichen Essen im Westend zum neuen Thema Nummer eins geworden. Sie hatten sich kurz entschlossen in dem Lokal verabredet. Le Yaudet war dem Vorschlag seines neuen Bekannten, der ihm, ohne dass er es hätte genau begründen können, sofort sympathisch war, gern gefolgt.

Während Le Yaudet über die möglichen Folgen von *Glasnost* für die Museen in Moskau und Leningrad sowie für die zeitgenössische Malerei und die dortige Kunstszene fabulierte, kam Johannes Kehrbach schnell auf die *Perestroika* zu sprechen. Was würde diese für den Kunstbetrieb, den Kunsthandel, für die staatlichen Museen, eventuelle Privatisierungen und Auslandsausstellungen bedeuten?

Johannes Kehrbach spann den Faden weiter.

„Was bedeuten die Veränderungen für die anderen Länder?"

„Das Ragout ist köstlich. Eine gute Wahl", erwiderte der Franzose. „Die Elsässer Küche kann sich wirklich sehen lassen."

„Auch jenseits von Schlachtplatte und Sauerkraut", witzelte „Jo" Kehrbach. So hatte er sich am Mittag in der *Schirn* vorgestellt.

Die beiden Männer genossen ihren Pinot Gris Grand Cru.

„Ein exzellenter Tropfen, der *Kirchberg* von Kientzler."

Die Freude am Genuss, an guter Küche und gutem Wein, und die Möglichkeit, dieser Leidenschaft wann und wo immer nachzugehen, verband die beiden Männer. Sie waren etwa gleichen Alters, bald auf die Vierzig zusteuernd, auf jeweils eigene Art attraktiv und gesellig. Sie interessierten sich für Vieles, sofern es auch nur entfernt um die Kunst – auch die des Lebens – kreiste. Am weiblichen Geschlecht reizten sie durchaus verschiedene Attribute und Züge. Sport interessierte beide eher wenig und nur, sofern es sich um die jeweilige Fußballnationalmannschaft, um Europa- oder Weltmeisterschaften handelte. Der eine war leidenschaftlicher Boule-Spieler, der andere suchte immer wieder gern einen Billard-Club auf.

Beim Dessert und dem abschließenden Gebrannten machten die beiden Männer unaufgeregt und als sei es selbstverständlich gleichzeitig den Vorschlag, sich doch zu duzen. Sie gingen ohne weitere Erklärung und Verabredung davon aus, sich wiederzusehen.

Alphonse und Johannes wurden gute Freunde. Auch deshalb erinnerten sich beide gern an den 28. Februar und den gemeinsamen Abend im *Le Zwicker*. Als sie sich damals gegen Mitternacht an der Alten Oper trennten, wussten sie noch nicht, dass am nächsten Morgen der Mord an Schwedens Premier Olof Palme die Titelseiten der Zeitungen füllen und den vorherigen Abend auch zu einem historischen Datum machen würde. Den Abend, an dem, ohne dass sie darüber gesprochen hätten, auch ihre langjährige Geschäftspartnerschaft begann.

Es war bereits zehn nach drei. Caspar Hagen schaute zum wiederholten Mal auf die Uhr und zur Drehtür. Menschen gingen und kamen, überwiegend Männer in Anzügen. Die Einheimischen und ihre Freunde waren dabei deutlich von den Westdeutschen und anderen Ausländern zu unterscheiden. Sie bewegten sich etwas gehetzter und sprachen leiser, die Anzüge waren billiger und farblich einheitlicher, Grau und ein gewöhnungsbedürftiges Braun, das Russen zu bevorzugen schienen. Er selbst war in diesem Hotelfoyer ein echter Farbtupfer – im eng geschnittenen glänzenden Dreiteiler, gelbe Krawatte, gelbes Einstecktuch, Pomade im Haar, sehr spitze Schuhe. Draußen herrschte tristes Novemberwetter.

Hatte er ihn einfach übersehen? Wahrscheinlich. Der Eingangsbereich war etwas unübersichtlich und mit künstlichem Grün zugestellt. Johannes Kehrbach hatte sich bisher noch nie verspätet.

Caspar Hagen, seit dem Vorjahr geschäftlich in London ansässig, kannte viele Hotels der westlichen Hemisphäre. Das Berliner *Palasthotel* hatte er vor einer Viertelstunde zum ersten Mal betreten. Das erste Haus am Platz, von Schweden gebaut und in seiner braun-güldenen Betonmodernität dem gegenüberliegenden *Palast der Republik* sehr ähnlich.

Hagen fragte sich, ob Johannes Kehrbach vielleicht im Hotel ein Zimmer gebucht hatte, also gar nicht erst durch eine der beiden Drehtüren kommen musste. Nein, Jo hätte das bestimmt gesagt. Caspar Hagen verspürte seine allmählich aufziehende Unsicherheit. Er schaute sich mehrmals um, putzte zur Ablenkung die Gläser seiner randlosen Brille, blickte wieder auf die Armbanduhr. Der Anlass des Treffens war heikel, so viel war klar. Jo hatte am Telefon nicht allzu viel verraten, nur um das Treffen gebeten und „ein

Gespräch mit Leuten der obersten Ränge" angedeutet. Es ging um Kunsthandel, um streng
geheime Verkaufswege, vor allem um ansehnliche
Summen. Um kundige Käufer in Westeuropa und
um milliardenschwere Amis.

Jo Kehrbach hatte ihn im März dieses Jahres
in London aufgesucht. Unangemeldet. Er stand
plötzlich in Caspar Hagens Büro. Er hatte sich am
Empfang im Erdgeschoss und bei der Board-
Sekretärin im achten Stock mit dezenten
persönlichen Komplimenten Sympathie ergaunert,
sich als Studienkollege aus Harvard vorgestellt
und eine Visitenkarte hinterlassen. Diese wies ihn
als *Vice President* einer Schweizer Kunsthandels-
agentur aus.

„Die Karte benötigen Sie nicht mehr",
erklärte der Hagen unbekannte Gast.

Die Männer schüttelte sich kräftig die
Hände.

Hagen ließ zwei Tassen Tee bringen und bat
Johannes Kehrbach, sich auf die Ledercouch zu
setzen. Als der Tee und Kekse aufgetragen waren,
griff Hagen in die Vitrine neben seinem Sessel und
präsentierte eine Flasche besten Brandy.

„Danke, gern", antwortete sein Gast. „Und
wenn wir für eine halbe Stunde nicht gestört
würden, wäre das von Vorteil."

Caspar Hagen stand nochmals auf, ging zum Schreibtisch.

„Abigale, bitte keine Anrufe und keine sonstige Störung in der nächsten Stunde. Ja, danke, wir sind versorgt. Danke."

Jo Kehrbach hätte einen Hunderter darauf gewettet, dass der smarte junge Banker sich auch unter dem Rock der beflissenen Sekretärin gut auskannte.

„Eine Perle", sagte Hagen, als er sich wieder setzte.

„Ja, ein wahres Schmuckstück", antwortete sein Gast.

„Was führt Sie zu mir, Herr Kehrbach?"

Hagen blickte auf die Visitenkarte des Unbekannten, als wolle er sich nochmals des Namens vergewissern.

Die Stunde wurde nicht ausgeschöpft. Die Teetassen waren nicht ganz ausgetrunken, jeder hatte ein Glas Brandy geschlürft, und Caspar Hagen hatte in wenigen Minuten mehr über ein schwarzes Schaf in seiner Familie, über gängige Unsauberkeiten im Kunsthandel und über illegal besorgte Antiquitäten erfahren als in all den Jahren zuvor. Was ihn bis dahin auch wenig interessiert hätte. Überzeugt oder, genauer gesagt, zum Mitmachen bewogen hatte den Hamburger jedoch Kehrbachs Hinweis auf ein Caspar Hagen selbst „persönlich und unmittelbar betreffendes heikles, sehr heikles Thema".

Capar Hagen und Johannes Kehrbach hatten sich danach noch zwei Mal getroffen. Im Frühsommer in Meran, im September erneut in London. Und jetzt sollte das vierte Treffen über die Bühne gehen. Ende 1988, hier, in der Mitte Berlins, der Hauptstadt der DDR.

Ein unscheinbarer junger Mann, das SED-Parteiabzeichen am Revers, ging jetzt zielgerichtet auf Caspar Hagen zu, sprach ihn mit Namen an und bat, ihm zum Wagen zu folgen.

Zehn Minuten später parkte der *Moskwitsch* in der Breitestraße vor der Stadtbibliothek. Der Fahrer begleitete Hagen zu einem unscheinbaren Institutsgebäude auf der anderen Straßenseite. Im zugigen Eingangsbereich der verdeckten Dependance der *KoKo* empfing ihn hinter einem Tresen eine junge Frau in Uniform. Sie wies in das Foyer mit seinen schweren Vorhängen, deckenhohen Wandschränken und zwei Sitzecken. Hier begrüßte ihn Jo mit einem lauten „Hallo" und einer herzlichen Umarmung. Für das *Du* hatten sie sich im September in London entschieden.

An jenem Abend in einem angesagten Club im Londoner East End hatten Abigale und Eva, beide mit dreiundzwanzig Jahren gleich alt, das Quartett vervollständigt. Sie hatten viel Spaß gehabt. Es wurde ausgiebig getanzt, geredet und Brüderschaft getrunken. Es wurde dann nicht nur geflirtet und noch mehr getrunken. Eine verrückte Nacht, wie sie für die Achtziger typisch war. Pünktlich zum Lunch räumten die Vier am folgenden Mittag die 350-Britische-Pfund-Suite. Die beiden Frauen haben sich danach nie wiedergesehen. Die beiden Männer wurden dicke Freunde.

EVA EPPENDORF DACHTE selten aber gern an die Londoner Nacht zurück. Sie war jung und über beide Ohren in ihren Jo verliebt gewesen. Sie hatte von seinen Eskapaden gewusst, doch er hatte sie in eine ihr bis dahin verschlossene, ja unbekannte Welt eingeführt.

Wenn sie jetzt, mehr als zwanzig Jahre später, an die Suite 309 im *Anchorman's* zurückdachte, erinnerte sie sich vor allem an Abigale. Die beiden Jungs – Eva wurde auf seltsame Weise wehmütig – hatten zwar unübersehbar Lust gehabt, doch sie kamen nicht wirklich zum Ziel. Aberwitzige Stellungen, aber schlicht zu viel Alkohol. Die Männer waren bald in einen unruhigen, durch tierische Laute untermalten Schlaf gefallen. Im Sessel und auf dem Fußboden.

Abigale und sie hatten sich dann viel zu erzählen, naschten Toffees, tranken noch fast eine Flasche Champagner, schmusten und schliefen auf dem zweiten *King-Size*-Bett bis zum späten Vormittag. Sie duschten gemeinsam, bevor sie die beiden Männer aufscheuchten. Während diese ihre sieben Sachen zusammenpackten, saßen die Jamaikanerin und Eva bereits beim Lunch. Sie verabredeten, sich auf keinen Fall aus den Augen zu verlieren.

Ziemlich genau fünf Jahre zuvor hatte Eva Eppendorf gerade ihre allererste Woche als Studentin der Hochschule für Bildende Künste hinter sich gebracht. Und an jenem Freitag im Oktober 1983 war sie Johannes Kehrbach zum ersten Mal begegnet.

Sie war aufgeregt gewesen, voller neuer Eindrücke, voller Wochenendpläne. Die erste Heimfahrt zu den Eltern, am Abend das Weibertreffen bei Petra, Samstag ziemlich sicher Disco im *Eiszeit*, am Sonntagnachmittag noch Omas Geburtstagskaffee und dann schon wieder in den Zug nach Braunschweig. Wie sollte sie das alles in nur achtundvierzig Stunden schaffen? Vielleicht konnte sie auf der Rückfahrt einen Blick in den dicken Seminar-Reader werfen. Sie hatte sich für Grafik und Design entschieden, wollte Buchgestalterin oder Magazinlayouterin werden. Werbung, Plakate, Neonbeleuchtung waren nicht ihr Ding. Freie Kunst auch nicht.

Jeans, Hemd, die Schmutzwäsche, Kulturbeutel, Reader, das Geschenk für Oma. Die Tasche war gepackt. Ihr heimisches Mädchenzimmer war noch voll mit Unterwäsche und sonstigen Kleidungsstücken. Die beiden Hausschlüssel, Zigaretten, Feuerzeug. Es konnte losgehen. Direkt vor dem Haus stieg sie in den 52er. Am Bahnhof noch die Fahrkarte und die neue *Brigitte* besorgen. Perfekt.

Johannes Kehrbach, der sich gleich als Jo vorstellte und von Eva, seiner baldigen Geliebten, ab diesem Tag so genannt wurde, hatte ihr im vollbesetzten Intercity nach Frankfurt aus dem Parka geholfen und die Reisetasche in die Ablage gehoben. Er wollte ihr einen Kaffee oder ein anderes Getränk spendieren, was sie abgelehnt hatte. Er bot Schokolade an, die sie annahm. Er stellte sich als *Tausendsassa* vor, erwähnte, dass er gerade aus Berlin komme – wie fast jeden Freitag – und dass er ihre langen dicken Zöpfe, wenn er das sagen dürfe, außergewöhnlich und schön finde.

Eva – so kam es ihr selbst vor, nachdem sie in Kassel ausgestiegen war – hatte nur stammelnd erzählt. Vom Start ins Studium, ihrer allerbesten Oma, dem Zimmer zur Untermiete, ihrer Freundin Petra, dem Traum, in Hamburg beim *stern* zu arbeiten, ihrem Kater Adam.

In den rund fünf Jahren danach war aus der Studienanfängerin die diplomierte Grafikchefin – *Art Director* stand auf ihrer Visitenkarte – eines neuen bundesweit vertriebenen Stadtmagazins geworden. Das Blatt sollte den Studentenzeitungen und Alternativmagazinen das Wasser abgraben – die Siebziger waren endgültig vorbei. Die Zentralredaktion war in Bad Homburg, von dort aus wurden immerhin zwei Drittel aller Seiten erstellt und gestaltet. Jeder der mittlerweile siebzehn Standorte steuerte für seine Stadt acht Seiten Lokales bei, dazu immer rund dreißig Seiten mit Veranstaltungstipps. Eva verdiente nicht übermäßig viel, aber es reichte ihr. Mit einer Kollegin teilte sie sich eine Drei-Zimmer-Wohnung in Köppern. Biedere Wohngegend, aber nahe an Frankfurt und noch bezahlbar.

In dem gleichen halben Jahrzehnt des Studiums und Berufseinstiegs hatte sie, nachdem rund vier Monate des Warmlaufens vorbei gewesen waren, an der Seite von Jo gelebt. Nie zusammen, nie täglich, niemals dauerhaft Tisch und Bett teilend. Sie waren ein Paar geworden, ohne dass sie sich verpflichtet hatten, ewig ein Paar zu bleiben. Eva wollte ihren Weg gehen, Umwege eingeschlossen. Jo war viel unterwegs und kannte kein Gestern.

Dann hatte Eva Abstand gewonnen. Und Jo hatte den Abstand finanziert. Er riet ihr zu, sich in Berlin weiter zu qualifizieren, vielleicht über ein kurzes Zweitstudium, sich neu zu orientieren, andere Perspektiven zu entdecken. Er war sogar so kühn, ihr einen Studienaufenthalt in Dresden zu vermitteln, wenige Monate bevor der Laden zusammenbrach und dort von heute auf morgen die Honecker-Porträts abgehängt wurden.

Eva lebte, kurze Unterbrechungen eingeschlossen, dann ab 1989 in Berlin. Sie kümmerte sich in den ersten Jahren um Künstlerinnen aus der DDR, die nun nicht mehr mit regelmäßigen Auftragsarbeiten rechnen, dafür aber ungehindert ausstellen konnten. Sie klapperte Westberliner Galerien ab, richtete provisorische Ausstellungsräume in verlassenen HO-Kaufhallen ein, half Künstlerkollektiven beim Anmieten von Ateliers und Studios.

Woher das Geld, das Jo ihr zusteckte, und die vielen Kontakte kamen, wollte sie damals gar nicht wissen. Sie wusste zwar von irgendwelchen Geschäften, die ihr Lebensgefährte zusammen mit

Alphonse Le Yaudet und Caspar Hagen abwickelte, doch Details interessierten sie nicht. So wie sie von Jos Seitensprüngen wusste, ohne sich für die Namen der Frauen und die näheren Umstände zu interessieren.

Sie nahm die Eskapaden auch kaum noch wahr. Es kam in dieser Zeit bereits selten vor, dass Jo und Eva mehr als zwei Nächte oder ein langes Wochenende zusammen verbrachten. Er mied regelrecht ihre Wohnung am Leninplatz, der am Ende ihrer Beziehung zum Platz der Vereinten Nationen wurde.

Mehr als all das ärgerte und frustrierte Eva auch heute noch, dass sie nie eine Antwort auf die ihr viel wichtigere Frage gefunden hatte: Warum hatte Jo damals,1992, so vehement ihren Wunsch abgeblockt, sich die zum Verkauf stehende Rheingau-Villa doch noch einmal anzusehen? Er hatte sein entschiedenes Nein nie begründet.

Es war ein Nein mit Folgen geworden. Noch im gleichen Jahr hatten sich Jo und Eva getrennt. Sie zog ins Quartier hinter der Weberwiese und wurde in Friedrichshain endgültig heimisch. Eva ging in Berlin ihren eigenen Weg, verlor Jo aus den Augen, mied bewusst den immer mal wieder möglichen Kontakt. Über einige ehemals gemeinsame Bekannte erfuhr sie in großen

Abständen uninteressante Neuigkeiten über Johannes Kehrbach. Und dass Jo während dieser nun achtzehn Jahre für kurze Zeit auch in Illustrierten und TV-Reportagen Erwähnung gefunden hatte, nahm sie einfach hin.

Um so überraschter war Eva Eppendorf, als sie die Einladungskarte aus ihrem Briefkasten gefischt hatte. Sie hatte keine Vorstellung, was sie erwartete. Keine gute und keine düstere. Doch sie hatte zu ihrer eigenen seelischen Sicherheit Fabio gebeten, sie zu begleiten.

SARA HATTE BIS ZUM PLÖTZLICHEN TOD ihrer Mutter zuerst in Szeged und dann in Neuchâtel gewohnt. Sie war als Kind in der südungarischen Stadt aufgewachsen, nur einen Steinwurf von den Grenzen zu Jugoslawien und Rumänien entfernt. Sie kannte nichts anderes. Sie vermisste den Fluss, das flache Land und seine staubigen Straßen sehr, als sie Ende der achtziger Jahre in die Schweiz umziehen musste. Ihre Mutter wollte es so, ihr Vater hatte es möglich gemacht. Der Traum der Mutter – Gabriella Demiany betrieb zusammen mit einer Einheimischen in Neuchâtel eine Pralinenmanufaktur und Confiserie – fand nach wenigen Jahren durch ihren Tod ein jähes Ende. Ihr Vater entschied, die Zwölfjährige zu sich zu nehmen. Tochter und Vater bezogen 1992 die Villa.

Johannes Kehrbach hatte Gabriella in einem Studentencamp am Balaton kennengelernt. Neun Monate vor Saras Geburt. Er war damals für den Reiseveranstalter, eine internationale Jugendorganisation, vor Ort der Ansprechpartner für die deutschen, österreichischen und Schweizer Teilnehmer.

Er war, so rechtfertigte er es bis heute, der schwarzhaarigen Ungarin schon am ersten Abend beim Essen und am Lagerfeuer verfallen. Sie sprach ein sehr gutes Deutsch, interessierte sich für Lyrik und Filme aus beiden Deutschlands. Sie schwärmte für Sarah Kirsch. Sie kannte nicht nur Carow, Günther, Beyer und natürlich Wolf, sondern auch Fassbinder, Sinkel, Wenders und Schlöndorff. Er kannte keinen ungarischen Schriftsteller, keinen einzigen Maler oder Filmemacher. Er kenne Puskás und Sztani, sagte er entschuldigend. Gabriella verstand seinen Scherz nicht. Oder sie hatte ihn ignoriert. Sie war klug, doch keine Intellektuelle. Sie war eine herbe Schönheit, sportlich, kräftig, nicht für den Laufsteg geboren. Sie trug eine schwarze Brille, Kassengestell. Sie hatte eine leichte Hakennase und ein wunderbares Lachen.

Sie hatten dann nach Mitternacht, fern der Gruppe, in einem Bootshaus geredet und geredet und geredet. Gabriella, fünf Jahre jünger als Johannes, Deutschlehrerin in Szeged und für diese Woche als Dolmetscherin abgeordnet, hatte noch eine Flasche bulgarischen Rotwein besorgt. Sie träumte davon, einen Pralinenladen aufzumachen. Sie wollte unbedingt die Schweiz kennenlernen, das Tessin und die welschen Kantone. Sie machte sich über Jos Ungarnbild und seine Utopien lustig. Sie stritten heftig und lachten viel. Für Isabelle Huppert schwärmten sie beide. Der Wein machte sie müde. So blieb es bei harmlosen Küssen und Streicheleien. Erst drei Nächte später schliefen sie im Bootshaus gemeinsam ein, nackt, vereint unter einer stinkenden Decke.

Als Gabriella im Februar 1992 an Krebs starb, war Johannes Kehrbach zufällig in Genf. So konnte er in einer guten Stunde in Lausanne sein, um Sara im Internat abzuholen und mit ihr nach Neuchâtel zu fahren. Es war das erste Mal, dass sich seine Tochter so fest an ihn schmiegte – und ihn tagelang nicht losließ.

Johannes Kehrbach entschied gewohnt schnell. Gabriellas Wohnung wurde aufgelöst. Für wenige Monate lebte Sara bei ihrem Vater in Frankfurt.

Während eines Sonntagsausflugs zeigte Johannes Kehrbach seiner Tochter die Villa in Eltville.

„Magst du hier wohnen?"

Sara überlegte nicht lange. Sie sah zwei Eichhörnchen über den Rasen springen, hörte Vogelgezwitscher und das Bellen eines Hundes. Sie würde auf die Bäume klettern und jeden Tag hinunter zum Fluss laufen.

Sie schaute Jo, den sie kaum kannte und an dem sie sich festhielt, an. So als sei sie unentschlossen und bräuchte noch Bedenkzeit. Dann lächelte sie. Als mache sie sich nun einen Spaß daraus, ihn auf die Folter zu spannen.

Das hagere Mädchen drückte seinen Vater, der sich an solche ungestümen und unschuldigen Umarmungen erst gewöhnen musste, ganz fest an sich.

„Ja! Du nimmst das große und ich nehme das kleine Haus."

Der Rest war Formsache. Auch die Trennung von Eva.

DRAGANA ŠABAC-HAGEN WAR im Sommer 1994 zum ersten Mal in der Villa am Rheinufer zu Besuch gewesen. Caspar hatte „sowieso geschäftlich in Frankfurt zu tun", wie er ihr gegenüber behauptet hatte. Er kam damals aus London, traf sich mit Johannes Kehrbach und einem Unbekannten gleich in der Lufthansa-Lounge am Flughafen und holte danach Dragana in der Ankunftshalle ab. Sie war aus Hamburg angereist. Ihren Secondhand-Laden im Univiertel hatte sie für drei Tage zugemacht, was umso einfacher war, als die Semesterferien bereits begonnen hatten.

So schnell sie sich auch am Rothenbaum und in Caspars ausgewähltem Bekanntenkreis eingelebt und so manches prächtige Stadthaus von innen gesehen hatte, die Eltviller Villa war etwas Besonderes. Sie hatte sich sofort in die Lage, den Park und das Haus selbst verliebt. Und schon mit den ersten zwei Nächten im ehemaligen Umkleidezimmer wurde dieses in solchem Maße zu Draganas Lieblingszimmer, dass sie die kommenden Jahre es immer für selbstverständlich hielt, dort übernachten zu können.

Wenn sie sich heute an ihren ersten Besuch erinnerte, dachte sie zuerst, ja eigentlich ausschließlich an Dreierlei: An ein Konzert, an die Rheinschnaken und an Jos Tochter, die nirgendwo zu sehen gewesen war.

Den ersten Konzertbesuch in ihrem Leben, genauer das erste Klassik-Konzert, hatte Johannes

Kehrbach, ihr Gastgeber, den Caspar nur Jo nannte, ermöglicht. Wer sonst – das wusste sie heute. Ein neues Musikfestival war in dem Jahr aus der Taufe gehoben worden. Die Eröffnungsveranstaltung im Kloster Eberbach stand nur ausgewählten Gästen – politischer Prominenz, Sponsoren, deren Kunden und so weiter – offen. Jo hatte drei Karten besorgt und seinen Kumpanen Caspar und Dragana begleitet.

Dragana wusste von Caspars Affäre mit Abigale, seiner ehemaligen Sekretärin bei der Bank. Ob er auch ein Hühnchen aus dem Stall von Mitchell Crown & Gull vögelte, wusste sie nicht, lag aber nahe. In Pöseldorf war er immer noch begehrt. Doch sie, Dragana Šabac aus Cuxhaven, hatte ihre achtzig Kilo in die Waagschale geworfen und dem flotten jungen Herrn aus der Heimhuder Straße einfach ihren Hintern hingehalten. Sie hatte von Anfang an gespürt, was der Harvard-Absolvent und City Boy mochte, ja wonach er gierte, weil es bei den dürren Partygirls nicht zu haben war.

Sie hatte sich von Anfang an keine Illusionen gemacht. Ihr Kapital würde schwinden, mit jedem Jahr. Das wusste sie. 1994: Sie war noch keine Fünfundzwanzig, doch sehr bald würde sie zehn Jahre älter sein als die Abigales dieser Welt. Also hatte sie sich entschieden, den eingeschlagenen

Weg konsequent weiterzugehen. Sie hatte ihr kleines Glück gesucht und großes Glück gehabt. Sie hatte einen Laden, der ihr gehörte. Sie würde rechtzeitig einen größeren und schickeren fordern.

Sie könnte nebenbei auch einen alten Traum verwirklichen, den sie bereits geträumt hatte, als sie noch Stewardess oder Mannequin werden wollte. Sie hatte schon als Zehnjährige bunte Kleider gemalt und ausgeschnitten und in einem Ringbuch aufgehoben. In der kleinen Wohnung in Cuxhaven hatte es keine Wände gegeben, an die sie die Zeichnungen hätte pinnen können.

Caspar hatte Dragana ohne zu zögern geheiratet. Warum? Sie wusste es bis heute nicht. Das, was sie in die Ehe einbrachte, hätte er auch so bekommen. Sie hätte ihn auch ohne Trauschein gefesselt und an sich gebunden. Da war sie sich sicher.

Sie musste neu kalkulieren. So wie ihr Kapital mit der Zeit schwinden würde, musste ihr Preis steigen.

Über all das hatte die junge Neu-Hamburgerin vor mehr als fünfzehn Jahren immer wieder einmal nachgedacht. Auch als sie während ihres ersten Besuchs auf der Terrasse hinter der Villa in einem Liegestuhl lag, einen frischge-pressten Orangensaft neben sich. Die Knöpfe ihrer

Bluse hatte sie geöffnet. Dann war sie in der Nach-mittagssonne eingeschlafen. Am Abend spürte sie auf ihrer Brust sowie an den Armen und Füßen die juckenden Bisse der Rheinschnaken.

Die Villa hatte ihr gleich gefallen. Sie hatte nichts Pompöses, trotz ihrer Größe und ihrer exponierten Lage. Kein Neoklassizismus, keine Säulen, keine Kapitelle, kein großbürgerliches Mithaltenwollen, kein blendendes Weiß. Nicht Blankenese. Ein Landhausstil, der Wohlsituiert-heit und Reichtum eher verbarg. Der Kultiviertheit und Zufriedenheit ahnen ließ. Man dachte an Landsitze in südenglischen Grafschaften und an deren mit sparsamem Fachwerk und hartem Granit angereicherte Zitate, wie man sie häufig in den Küstenorten der Normandie findet. Bibliothek, Raucherzimmer, Speiseraum und Salon waren nicht zum Vorzeigen, sondern zum Sich-zurück-ziehen da. Die Villa selbst schien sich in ihrer Zurückgezogenheit, in ihrem grünen Blätterkleid und ihrer sorgsam gepflegten Unaufgeräumtheit zu gefallen.

Dragana Šabac-Hagen hätte das alles nicht so formuliert, doch sie hatte sich hier immer wohl-gefühlt. Obwohl die Geheimniskrämerei um die „geschäftlichen Anlässe" ihrer Besuche im Rhein-gau und das unausgesprochene Gebot des Stillschweigens gegenüber Dritten ihr etwas von ihrem Vergnügen nahmen.

Was sie in diesen ersten Jahren der Bekanntschaft mit Johannes Kehrbach jedoch nach jedem Besuch der Villa nachdenklich gestimmt hatte, war etwas anderes gewesen. Nie, kein einziges Mal hatte sie die Tochter des Hausherrn kennengelernt. Sie hatte das Mädchen weder in der Villa noch rund um das Gartenhaus gesehen. Konnte ein Mädchen so zickig oder scheu oder beschäftigt sein? Heute fragte sie sich: Hatte es damals überhaupt Spuren der Kleinen gegeben? Einen Anorak in der Diele, eine Puppe auf einem Stuhl? Ein Fahrrad, ein Schulbuch? Ein verlorenes Halstuch unter der Schaukel?

Dragana erinnerte sich nicht mehr.

NACH IHRER ERSTEN BEGEGNUNG anlässlich der *Schirn*-Eröffnung korrespondierten und telefonierten Johannes Kehrbach und Alphonse Le Yaudet mehrmals miteinander. Sie waren sich sympathisch, hatten ein je eigenes Interesse an ihrem neuen Bekannten, und sie hatten sich, ohne dass es gekünstelt oder aufgesetzt gewirkt hätte, viel zu erzählen.

An Gorbatschow hatten sie beide einen Narren gefressen. Die ungewöhnlich heftigen

Herbststürme beunruhigten den Deutschen mehr als den Franzosen. Hinsichtlich der Entwicklung in Afghanistan wechselten die Sorgen die Seite. Le Yaudet schwärmt von der Artischockenernte in der Bretagne, Kehrbach berichtet, er wolle in seinem neuen Büro einen Billardtisch aufstellen lassen.

Bereits am 1. Dezember 1986 trafen sie sich zum zweiten Mal. Wieder anlässlich der Eröffnung eines neuen Kunsttempels. In Paris wurde in den Mauern eines ehemaligen Bahnhofs das *Musée d'Orsay* eingeweiht. Ein Museum, das auch moderne DDR-Kunst zeigen sollte.

Nach den offiziellen Feierlichkeiten nahmen die beiden Männer ein Taxi und fuhren zum Parc Monceau. Dort spazierten sie eine gute Stunde immer rund um den Teich, sprachen über die Architektur und das Konzept des neuen Museums, über den für kommende Woche in Frankreich angekündigten Generalstreik und über ihre Pläne für Weihnachten.

Alphonse Le Yaudet lud seinen neuen deutschen Freund ein, die Feiertage bei ihm zu verbringen. Ein Abend im Kreis guter Freunde, bei gutem Essen und gutem Wein. Die anderen Tage bliebe ihnen viel Zeit für Gespräche, Spaziergänge und, wenn Jo dazu Lust habe, auch Gelegenheit für einen Besuch von Guimiliau.

Jo Kehrbach bat um Bedenkzeit. Er habe noch keine Pläne, aber Verpflichtungen.

„Du verstehst", sagte er mit einem Augenzwinkern zu dem neben ihm gehenden, offenbar durch das Spiel und Geschrei von Kindern abgelenkten Franzosen.

„Ja, natürlich", antwortete Le Yaudet.

Beim Abendessen im nahen *Musset* kam der Franzose nochmals auf sein Angebot zu sprechen. Jo könne selbstverständlich jemanden mitbringen.

„Nein. Das ist nicht das Problem", entgegnete Jo umgehend. „Es gibt keine Frau, falls du darauf anspielst."

Bevor der Fisch aufgetragen wurde meinte Jo Kehrbach, seinen Gastgeber doch aufklären zu müssen.

„Ich habe keine Frau, aber eine Tochter."

Alphonse Le Yaudet entfernte behutsam die körnige Haut seines Plattfischs.

„Sie lebt mit ihrer Mutter in Ungarn, und ich spiele schon den ganzen Herbst mit dem Gedanken, sie zu den Weihnachtsfeiertagen zu überraschen. Beide, aber doch eher die Kleine."

„Du hast eine Tochter?"

„Ja, mittlerweile ist sie sechs Jahre alt."

Le Yaudet nahm die Veränderung in Jos Stimme und Ausdruck sofort wahr.

„Du siehst sie nicht sehr oft?"

Jo Kehrbach überlegte nur eine Sekunde lang, ob und wie er antworten sollte.

„Ja, nein. Ich habe sie am Tag nach der Geburt und danach noch zweimal gesehen. Davon einmal nur aus der Entfernung."

„C'est domage, mon vieux."

Alphonse Le Yaudet griff nach dem Chablis und prostete dem Deutschen zu.

Sie waren schon beim Calvados angelangt, als Jo Kehrbach in die Innentasche seines Jacketts griff. Er nahm zwei Fotos aus seiner Brieftasche. Sie zeigten ein hübsches Mädchen. Immer lachend, strahlend vor Freude und Neugier. Einmal auf einer Schaukel, die Beine weit von sich gestreckt. Das andere Mal bis zu den Knien im Wasser stehend, prustend, die Hände hin zur Kamera ausgestreckt.

„Das ist Sara, meine Tochter."

Alphonse Le Yaudet hatte nach den Fotografien gegriffen.

„Die Aufnahmen hat ihre Mutter gemacht. Zuhause und am Balaton. Dort haben wir uns übrigens kennengelernt, Gabriella und ich."

Le Yaudet hörte nicht zu. Er schaute auf die Fotos, als habe er das schaukelnde und das prustende Mädchen direkt vor sich. Ein Mädchen, ein kleines, zartes Mädchen, das beschützt werden musste. Eine Knospe, die es verdiente, beschützt zu werden. Eine Blume, die dankbar wäre, wenn er sie beschützte, bis sie erblühen durfte.

Jo Kehrbach hatte das Schweigen seines Freundes gar nicht wahrgenommen. Er hatte an Gabriella gedacht und an ihre Weigerung, über eine gemeinsame Zukunft nachzudenken. Ihm war an diesem Abend auch nicht aufgefallen, dass Alphonse auf dem langen Heimweg und bei der Verabschiedung unweit des Palais Royale mit seinen Gedanken wo ganz anders war.

Jo waren Gabriella und die beiden folgenreichen Nächte im Bootshaus nicht aus dem Kopf gegangen. Alphonse sah sich derweil vor einer Schaukel stehen, am Ufer des ihm unbekannten Balaton.

Am 25. Dezember, gut drei Wochen nach dem Abend in Paris, erreichte Jo das Anwesen im Weiler Le Yaudet. Er hatte seine Ankunft wenige Tage zuvor angekündigt. Alphonse freute sich.

Es wurde eine schöne Woche. Die Temperaturen waren für deutsche Verhältnisse mild. Frühnebel und Sonne dominierten. Auf ihren langen Spaziergängen unterhielten sich die beiden Männer viel über Malerei, über die Holländer, über die verschiedenen Schulen der Renaissance, über

Impressionismus und Neue Sachlichkeit und über die Russische Avantgarde.

Jo hatte niemals zuvor eine derart vielfältige, ja – so dachte er bei sich – ungeordnete private Sammlung zu Gesicht bekommen. Im Stammsitz seiner Familie hatte Alphonse Gemälde jeden Genres, jeder Epoche seit dem 15. Jahrhundert und jeder Qualitätsstufe und Geschmacksrichtung versammelt. Ein Durcheinander, das keine Präferenzen erkennen ließ.

Nur in einem Seitenflügel des Manoirs war eine ordnende Hand zu ahnen. Zumindest was die Motive betraf. Hier hatte Alphonse drei Dutzend Gemälde, Stiche, Aquarelle und Zeichnungen versammelt. Sie stellten allesamt Kinder, überwiegend Mädchen im Alter von vier bis vielleicht sechzehn Jahren dar. Gemälde bekannter Maler, aber auch offenkundige Fälschungen, Allerweltsgrafik, dilettierende und skizzenhafte Vorarbeiten.

Auf der Rückfahrt nach Frankfurt konnte Johannes Kehrbach sich nicht von seinen Gedanken an die eigenartige Sammlung freimachen. Mädchen, einige Körperpartien entblößt, manche gänzlich nackt. Strandszenen, Ballett, Regenpfützen, Blumenwiesen, schlafend oder mit Handarbeiten befasst. Bodypainting als Kinderspaß. Und noch etwas fiel ihm ein. Auf keinem der

Bilder war ein Erwachsener zu sehen gewesen. Man hätte sagen können: Nichts und niemand lenkte den Betrachter ab.

Diese ihn nur für einen Moment irritierenden Erinnerungsfetzen und sein fragendes Kopfschütteln verschwanden sofort, als er sich noch einmal des ihm viel wichtigeren Ergebnisses seiner Tage auf Le Yaudet vergewisserte. Er hatte den fanatischen Kunstliebhaber und außerordentlich bewanderten Malereiexperten dafür gewonnen, mit ihm, Jo Kehrbach, ein Team zu bilden.

Sie würden erfolgreich sein. Sie würden viel Geld verdienen können. Jetzt fehlte nur noch der dritte Mann. Ein Mann, der das Kapital für die nötigen Erstinvestitionen bereitstellen konnte. Ein Mann, der praktisch immer flüssig war und dem eine Million Mark kein Kopfzerbrechen bereiten würde. Und der daran glaubte, ja wusste, dass aus jeder Million drei oder vier Millionen Mark werden konnten. Er würde ihn finden.

BETTINA ERKNER WAR EIN KIND DER DDR. Und sie war bis heute stolz darauf. Dass Johannes Kehrbach und Caspar Hagen vor mittlerweile bald zwanzig Jahren dazu beigetragen hatten, die noch tragenden Mauern und die noch schützenden Dächer ihrer Heimat zum Einsturz zu bringen, bestimmte seitdem ihre Haltung gegenüber den beiden engen Freunden von Alphonse.

Die Textima war ihre Heimat gewesen, mehr als das Land zwischen Ostsee und Erzgebirge. Mit der Zerschlagung des Kombinats hatte Bettina Erkner all das verloren, wofür sie zwanzig Jahre gelernt und studiert und wofür sie weitere zwanzig Jahre gearbeitet, gestritten und gekämpft hatte. Zwanzig Jahre mit mehr als den bezahlten Arbeitsstunden und mit vielen schlaflosen Nächten, mit Tagen voller Gemeinsinn und Momenten, in denen Ungerechtigkeit dieses Gemeinsame tötete. Ihr Alltag, ihr Sozialismus. Anstrengungen, Erfolge und Auszeichnungen. In den letzten Jahren verdrängt von unbegreiflicher Ignoranz und Misswirtschaft. Agonie. Das Leben war weitergegangen. Jeden frühen Morgen hatte wie gewohnt der Wecker geklingelt, und jeden Abend war ihr ihre Lektüre aus der Hand gefallen.

Bettina Erkner war eines der Nachkriegskinder, die auf dem Land aufwuchsen, in einer zerstrittenen Familie, deren zwei Linien sozialdemokratisch und kommunistisch waren. Erst mit dem Tod der Großväter und Großmütter wurde auch die Unversöhnlichkeit begraben. Bettina Erkner studierte in den Jahren, als der sächselnde Parteichef durch den nuschelnden

Saarländer abgelöst wurde. Sie nahm den Wechsel des Personals kaum zur Kenntnis. Die Partei und der VIII. Parteitag waren ihr Kompass. Ihr natürlicher Optimismus und ihre durch Gelerntes befeuerte Zuversicht waren ihre Energiequellen. Ihre Zielstrebigkeit und ihr Selbstbewusstsein als von allen Fesseln befreite Frau prägten ihre Ausstrahlung und ihre Wirkung auf andere. Dass ihre Welt, die, wie sie wusste, keineswegs perfekt war, dann binnen weniger Jahre bröckelte, ohne Widerstand schlagartig zusammenbrach und am Ende nur noch abgetragen und entsorgt werden brauchte, übertraf all den Ärger und die Nöte der zurückliegenden Jahre. Ihr Glaube an die Zukunft, ihr Wille, diese mitzugestalten wurden unter Trümmern begraben. Ihr Elend übertraf für kurze Zeit all das Elend, von dem sie in Büchern gelesen hatte und das jeden Abend in den Auslands-nachrichten zu sehen gewesen war.

Mit dem Textima-Ende hatte Bettina Erkner ihre Heimat verloren. Sie war heimatlos geworden. Auch das Land drumherum verschwand und ließ nur noch Ruinen, Erinnerungen und Landschaft zurück. Der zum Ende der neunziger Jahre gestartete Versuch, ein früheres Ferienheim an der Ostsee als schickes Urlaubshotel für zahlungs-kräftige Wessis wiederzubeleben, scheiterte. Ein persönliches Scheitern. Die alte, gestorbene Bettina hatte sich mit letzter Kraft dagegen gewehrt, als Blume das Trugbild der blühenden Landschaften zu schmücken. Ihre Geschäftspartnerin, eine patente ehrgeizige Bielefelderin, Tochter eines Gastronomen, überführte den einträglichen Hotelbetrieb wenige Jahre später unter das Dach einer bekannten Kette.

Es war 1992/93 gewesen, als die Textima-Managerin wie Hunderte ihrer ehemaligen Kollegen und Kolleginnen vor dem Treuhand-Gebäude in der Leipziger Straße demonstriert und den Erhalt von Kombinatsbetrieben und Arbeitsplätzen gefordert hatte. Es würde aussichtslos sein, das wusste Bettina Erkner. Doch sie wollte nicht kampflos aufgeben. Und sie wollte nicht diejenige sein, die ihren ebenfalls nach Berlin gekommenen Mitstreitern erklärte, dass der Westen, das Kapital und seine Treuhänder um ein Vielfaches stärker waren als sie, die Überlebenden des Zusammenbruchs. Stärker als der Sozialismus, stärker als die Montagsdemonstrationen, stärker als die Kundgebung auf dem Alexanderplatz, stärker als der verbreitete und zersplitterte Wille, etwas vom Gewesenen zu retten und zu beleben. Die Wende hatte auf der einen Seite der Grenze stattgefunden, ihre Gewinner und Profiteure kamen von der anderen Seite. Der Siegestaumel auf beiden Seiten war nicht derselbe, die Fanfaren klangen nur ähnlich, für kurze Zeit.

In der Textima-Zentrale gaben sich jetzt Politiker und Unternehmensvertreter aus dem Westen sowie Banker und Berater die Klinke in die Hand. Die meisten betraten zum ersten Mal in ihrem Leben Karl-Marx-Stadt und die Republik. Caspar Hagen war einer von diesen verhassten Aasgeiern, die in der *Sächsischen Zeitung* interviewt, auf Empfängen der Stadt namentlich begrüßt und vorgestellt wurden. Sie versprachen den gemeinsamen Neuanfang, der natürlich auch tiefe Einschnitte erforderlich mache. Sie sprachen von Abermillionen, die jetzt investiert werden müssten, um in der Zukunft Arbeit und Wohlstand gewährleisten zu können.

Johannes Kehrbach hatte Caspar Hagen für die Textima-Zerschlagung und für zwei weitere Abwicklungen gewonnen. Oder anders gesagt: Er hatte den Hamburger in der ersten Hälfte der neunziger Jahre mit lukrativer Leichenfledderei entschädigt. Schließlich hatte Hagen in den zwei Jahren vor und den vier Jahren nach der Entsorgung der DDR seinen Namen, den Namen der Familie, das Renommee von Mitchell Crown & Gull und immer wieder etliche Millionen zur Verfügung gestellt. Nur so hatte das Trio den illegalen Kunsthandel zusammen mit der *KoKo* in Schwung halten und die eigenen Konten füllen können.

Von der Existenz dieses Trios und seinen speziellen Geschäften wusste Bettina Erkner lange nichts. Nicht zu Textima- und nicht zu Treuhand-Zeiten, natürlich nicht in Wien und auch noch nicht in Budapest. Sie hatte zwar bereits in den frühen neunziger Jahren sowohl Johannes Kehrbach als auch Caspar Hagen kennengelernt. Doch es waren eigentlich nur flüchtige Begegnungen gewesen, wenngleich diese dann tiefe Spuren hinterlassen hatten.

Der mehrjährigen engen Bande des Trios war die ehemalige DDR-Bürgerin erst vor wenigen Jahren wirklich gewahr geworden. Alphonse hat seine beiden guten Bekannten, die sich als enge Geschäftsfreunde entpuppten, an den Bodensee eingeladen. Dort, am Untersee, lebten er und Bettina seit 2004. Sie bewohnten ein schönes, von einem hohen Staatsbeamten in den 1920er Jahren gebautes Haus. Alphonse hatte die Höri-Künstler entdeckt, war in einer örtlichen Stiftung engagiert. Er unterrichtete an einem Mädchenpensionat in Gaienhofen. Eine mit einem geringfügigen Betrag honorierte Nebenbeschäftigung. Bettina hatte sich jetzt der Gärtnerei verschrieben, züchtete hauptsächlich Rosen und hatte sich nach öden Jahren in der Verwaltung einer Thüringer Wohnungsgesellschaft an einer Obstbauerngenossenschaft beteiligt.

Ein Jahr, nachdem sich das Paar dort niedergelassen hatte, waren Jo und Caspar zu einem langen Wochenende an den See gekommen. Zum ersten Mal übrigens, ohne dass Geschäfte im Mittelpunkt ihrer Gespräche standen. Die drei Männer machten kleine Wanderungen, besuchten eine Ausstellung in Sankt Gallen und hatten sich jeden Abend betrunken.

Bettina hatte an diesem Wochenende angestrengt versucht, sich die drei als „Männer im besten Alter" vorzustellen. Es wollte ihr partout nicht gelingen, obwohl sie Alphonse und Johannes bereits 1990 und Caspar kurz darauf kennengelernt hatte. Alle drei hatten ihre Attraktivität verloren. Nicht nur Haut und Haare, Gelenke und Muskeln waren gealtert. Auch ihr Reden und ihre Augen verrieten den Verfall. Nichts deutete darauf hin, dass in ihnen noch ein Feuer brannte, oder wenigstens glimmende Glut auflodern könnte. Sie waren müde. Die Männer, die sich auf der ewigen Siegerstraße gewähnt und von den gewonnenen Scharmützeln und Schlachten profitiert hatten, blickten auf diese Siege erschöpft zurück.

Bettina war sich nicht sicher, ob sich in den häufiger gewordenen stillen Augenblicken in den trüben Augen der Männer die Erinnerung an den ersten ergaunerten oder an den ersten verweigerten Kuss spiegelte.

IM FRÜHJAHR 1992 hatte Eva Eppendorf zum ersten Mal Alphonse Le Yaudet getroffen. Am Stammsitz der Familie. Ein Manoir, dessen Grundmauern im 17. Jahrhundert errichtet worden waren, das jedoch von der Architektur des Ersten Kaiserreichs geprägt war. Die Le Yaudet hatten sich wie andere bretonische Adelsfamilien dem Regime der Bonapartisten und dem Geschmack des Empire unterworfen.

Die Unwegsamkeit rund um die Bucht, die steilen Hänge auf jeder Seite, die bis heute auch für unerschrockene Autofahrer eine Herausforderung waren, die Abgelegenheit des Areals, der wunderbare Blick auf das Meer. All das hatte Eva sofort für sich eingenommen. Sie war zum ersten Mal in der Bretagne und die gesamte Faszination dieses Landstrichs bündelte sie im Anblick des Manoirs.

Sie war ziemlich erschöpft gewesen. Das Kümmern um die Ostberliner Künstlerinnen und ihre Ausstellungsmöglichkeiten, das anstrengende

Bemühen um öffentliche Fördergelder, ihre eigene Karriere hatten sie fast in die Knie gezwungen. Zum ersten Mal in ihrem Leben war Eva an eine derartige Grenze gestoßen.

Hinzu kamen Probleme und Streitigkeiten mit Jo, die sich stark gehäuft hatten. Ihr Partner war unruhiger und unsteter als gewohnt. Er war plötzlich entscheidungsschwach, zögerte, grübelte – auch wenn es um banale Fragen ging. All das bemerkte sie und musste sich doch selbst einen Reim darauf machen, da Jo eines nicht verloren hatte: sein ewiges Schweigen, sein Auf-sich-selbst-verlassen.

Eva dachte an ihre erste Woche als Studentin, an die Zugfahrt, an die Schmetterlinge im Bauch. All das war beinahe eine Ewigkeit her. Dabei war sie gerade einmal siebenundzwanzig Jahre alt, fühlte sich aber viel, ja sehr viel älter. Wie alt musste man sein, um sich mit Recht derart alt zu fühlen? Bereits so alt wie ihre Mutter? Sie hatte keine Ahnung. Sie konnte sich ja noch nicht einmal vorstellen, wie sich die Vierzig anfühlen würden.

Natürlich war es Jo gewesen, der ihr die Woche in der Bretagne vorgeschlagen und schließlich auch möglich gemacht hatte. In diesem Fall hatte er gewohnte Entschlossenheit demonstriert.

Ein Anruf und schon konnte sich Eva auf den Weg machen. Sie hatte nur einen Tag überlegt, ob sie sich diesem übergriffigen Sich-Kümmern wieder ergeben oder ihm widerstehen sollte. Sie hatte sich dann in ihren neuen Mazda MX-5 gesetzt und hatte die elfhundert Kilometer in Angriff genommen.

Einen Tag später stand sie im Hof des Manoirs, begrüßt von Alphonse Le Yaudet. Sie war von dem Hausherrn sofort beeindruckt. Ein imposanter Mann. Breitcordhosen, teure Schuhe, Strickjacke, Schal, Siegelring, Hornbrille. Reifer und gesetzter als andere Vierzigjährige aus Evas Bekanntenkreis. Gleichzeitig unbändig wie sein Haarschopf. Er begrüßte sie nach der Art der Franzosen, ohne dass es wie ein förmliches Ritual wirkte. Er führte sie ins Hauptgebäude, ließ ein paar Bemerkungen über die Geschichte, die besondere Lage und die heutige Nutzung des Manoirs fallen.

Alphonse Le Yaudet war freundlich, gebildet, zurückhaltend, einnehmend. So hätte Eva Eppendorf ihren ersten Eindruck zusammengefasst, hätte man sie danach gefragt. Er war, ganz im Gegensatz zu Caspar, keiner, dessen Hand irgendwann in den nächsten Tagen wie zufällig auf ihrem Hintern landen oder der – angetrunken und bester Laune – eindeutige Zweideutigkeiten zum Besten geben würde.

Eva machte in dieser Woche lange Spaziergänge, und sie besuchte den Markt in Plestin-les-Grèves. Alphonse verführte sie, in der Fischhalle von Locquémeau zum ersten Mal in ihrem Leben frisch geerntete Austern zu kosten. Als das sonnige Wetter Mitte April durch einen Temperatursturz abgelöst wurde, schlief Eva mehr als die Tage zuvor, las viel und durchstöberte die Bibliothek. Zum Frühstück war ihr Gastgeber bereits außer Haus. Zum kleinen Mittagsmahl war er meistens wieder zurück, zum Abendessen auf jeden Fall. Rosalie, seine Hauswirtschafterin, war eine ausgezeichnete Köchin.

Am letzten Abend ihres Aufenthalts saßen Alphonse Le Yaudet und Eva Eppendorf noch länger als gewöhnlich in der Bibliothek. Der Kamin brannte. Alphonse hatte sich einen ganz in der Nähe gebrannten Whisky eingegossen, Eva ließ sich zu einem sehr süßen voluminösen Sherry überreden. Irgendwann an diesem Abend – man hatte sich lange über das Bauhaus und den deutschen Expressionismus unterhalten – fragte Eva den Sammler, woher er die beiden außergewöhnlichen Großgemälde, beide hingen im Billardzimmer, habe.

„Beide erinnern an den klassischen Realismus der DDR-Malerei. Den extravaganten sozialistischen Realismus à la sagen wir Sitte oder Heisig und so weiter. Die Körperlichkeit, das Verwischte."

Alphonse zögerte einen Moment und nahm einen Schluck. Er entschied sich, einige Karten auf den Tisch zu legen.

„Du meinst die Arbeiterin und die Brigade? Beide habe ich in Leipzig erstanden."

Eva schaute in Augen, die nichts zu verbergen schienen. Sie zweifelte am Gesehenen.

„Es sind Originale, oder? Die Gemälde wurden dir einfach verkauft?"

„Ja, ich hatte sehr gute Beziehungen zu Malern aus der DDR, zu Galerien, Privatsammlern, Museen. Du verstehst? Bis heute."

Eva musste Zeit gewinnen. Sie lenkte ab. Sie fühlte sich überfordert. Von ihrem Gastgeber, von der Realität? Sie wechselte zu einem Thema, das sie eigentlich viel mehr interessierte. Ein Terrain, auf dem sie sich sicherer fühlte.

„Auch zu Malerinnen?"

Die Antwort war kurz und deutlich.

„Nein, leider nein."

Alphonse goss sich einen zweiten *Amorik* ein. Er erhob sich aus seinem Sessel und ging zum

Kamin. Er stocherte in der Glut und legte noch zwei Scheite auf.

„Du arbeitest mit jungen Malerinnen aus der DDR, der ehemaligen DDR? Jo hatte es angedeutet, als er dich ankündigte."

Alphonse setzte sich wieder.

Jetzt stand Eva auf, schritt zu einem kleinen Tisch und griff wahllos nach einem der von ihr in diesen Tagen durchblätterten Kunstbände.

„Nicht nur jungen, auch älteren Malerinnen, aber ebenso unbekannt."

Alphonse spürte die Wut, die sich Evas bemächtigte. Er hatte jedoch keine Vorstellung von der Schwere der Last, die sich binnen weniger Monate über Evas Pläne und Visionen gelegt hatte.

„Noch einen Sherry?"

„Ein Schlückchen. Ich bin müde. Und morgen will ich schon früh nach Paris aufbrechen."

Sie prosteten sich zu.

„Eine Frage habe ich noch. Das Porträt, das oben noch auf einer Staffelei steht, gefällt mir sehr gut. Außergewöhnlich für ein Mädchenporträt. Der Stil ist undefinierbar, nicht zuzuordnen."

Alphonse hörte Eva aufmerksam zu, doch über die Frage und seine sich in seinem Kopf sammelnde Antwort legte sich eine Nebelschicht. Und ein Lichtstrahl, der das Grau durchbrach.

Ihm fiel es wie Schuppen von den Augen. Er hatte geglaubt, Eva wisse von der „nicht-existierenden" Frau, die Jo vor einigen Jahren erwähnt hatte. Alphonse erinnerte sich gut an den Abend, an dem er seinen damals neuen deutschen Bekannten zu den Weihnachtsfeiertagen eingeladen hatte. Eva hatte das Porträt nicht erkannt. Sie wusste nichts von der Ungarin, die ihr Kind hütete wie ihren Augapfel und von Jo fernhielt.

„Alphonse? Ist Ihnen nicht gut?"

Alphonse Le Yaudet schreckte auf.

„Oh, pardon. Meine Gedanken haben mich entführt."

Er nahm einen Schluck.

„Du hast recht. Das Porträt..."

Eva war aufgewühlt, fuhr durch ihr schulter-langes Haar und fiel ihrem Gastgeber ins Wort.

„Man hat den Eindruck, das Porträt sei eigentlich kein Porträt. Wie soll ich es sagen? Das Gemälde zeigt mehr, viel mehr als das Gesicht des Mädchens. Es zeigt eigentlich etwas ganz anderes, etwas Verborgenes. Sehen Sie das auch so?"

Eine neutrale, sachliche Antwort war nötig.

„Eine interessante Betrachtungsweise, Eva."

Alphonse trank seinen Whisky aus.

„Aber du hast recht, es ist schon spät, und du willst früh aufstehen. Lass uns das Gespräch bei deinem nächsten Besuch fortsetzen. Ich würde mich freuen."

Alphonse Le Yaudet lenkte das Gespräch noch für einen Moment auf das Bauhaus-Konzept. Eva Eppendorf schlug vor, gemeinsam Dessau zu besuchen. Alphonse fragte Eva, was sie sich in Paris genauer ansehen wolle. Eva versprach, Jo beste Grüße auszurichten und auf jeden Fall noch einmal nach Le Yaudet zu kommen.

Das unfertige Porträt ging Eva nicht aus dem Kopf. In Paris besuchte Eva eine Ausstellung im Grand Palais: Deutsche und französische Fotografinnen in der Zwischenkriegszeit. Die zwei Stunden machten ihr Mut. Wie die Frühjahrssonne über den Champs-Élysées. Sie entschied, noch zwei Tage zu bleiben.

FABIO GRATTERI HATTE IMMER nur Interesse an Frauen, die ihm einige Jahre Lebensalter voraus waren. Seine Tante Giulia, selbst bereits in den Vierzigern, hatte ihn mit sechzehn Jahren zum Mann gemacht, wie sie selbst sagte. An einem Abend am Strand, als die Familie oben in Belsito den achtzigsten Geburtstag des Großvaters feierte.

Sie hatte mit ihm gespielt und sich etwas genommen, was er eigentlich nicht hatte verschenken wollen. Doch sie fuhr ihm durch sein lockiges Haar, schwärmte von seinen Augen, betastete seine Muskeln, strich zärtlich über seinen Rücken und fuhr ihm schon drängender zwischen die Beine. Fabio hatte sich anfangs geschämt. Doch er verlor sich zwischen ihren Brüsten und Schenkeln, in ihrem Haar und ergab sich ihren hundert Fingerspitzen und ihren tausend Zungen.

Nach diesem Wochenende gab er seiner liebsten Klassenkameradin den Laufpass. Zwei Jahre später entschied sich sein Schicksal. Eine junge Witwe aus der Nachbarschaft und die Frau des Hausmeisters der Schule schätzten seine Verschwiegenheit und seine Unbeholfenheit. Eine Kommilitonin aus Pisa war seine erste etwa gleichaltrige Affäre, ja seine erste Liebschaft. Er konnte sie nicht halten. Er ging mit fünfundzwanzig Jahren, unmittelbar nach seinem Studium, nach Deutschland. Er folgte auch hier dem eingeschlagenen Weg. Seine erste Vermieterin in Wilmersdorf, eine dänische Urlaubsbekanntschaft auf Kuba, die er noch einige Male in Aarhus traf, eine Clubbetreiberin am Gleisdreieck. Andere kamen noch hinzu. Er war keineswegs stolz auf diese Liste.

Und nun Eva. Seit wenigen Wochen. Sie hatten sich auf einer Vernissage in der *Berlinischen*

Galerie in Kreuzberg kennengelernt. Eva war es gewesen, die schon am gleichen Nachmittag den künftigen Filmemacher aufs Kreuz gelegt hatte. Er hatte ihr gefallen. Fabio fühlte sich auch unter ihrer Obhut wohl, Eva genoss seine Verfügbarkeit.

III

EIN MAIMORGEN, wie er nicht schöner hätte sein
können. In einer Flusslandschaft, die man sich
nicht sanfter und harmonischer hätte vorstellen
können. Ein Haus, das seine Gäste immerzu
willkommen hieß.

Fabio Gratteri saß auf der Terrasse und
beobachtete die Frachtschiffe. Schweizer, nieder-
ländische, deutsche Fahnen am Heck. Dazu auf
jedem Schiff Flaggen, deren Bedeutung er nicht
kannte. Tiefliegende Frachter rheinaufwärts. Heiz-
öl, Kohle, Sand. Ein Pkw, schrubbende Männer,
sich drehendes Radar. Lange Unterhosen, Bett-
wäsche und Hemden an Wäscheleinen.

Er hatte gut und fest geschlafen, war aber
durch das ungewohnte Brummen der Schiffs-
motoren aufgewacht. Es war zwar beinahe neun

Uhr, doch dass Eva bereits aufgestanden war, war gleichwohl ungewöhnlich. Auf dem Laken spürte Fabio noch etwas von ihrer Körperwärme. Sie benötigte den Schlaf, und sie genoss normalerweise ihren Schlaf. Das hatte er in der kurzen Zeit ihrer Bekanntschaft mitbekommen. Sie war fünfundvierzig und schlief nach dem zweiten Mal sofort ein, schmiegte sich an ihn und verlor sich in ihm unzugänglichen Erinnerungen oder Wünschen.

Er hatte sich in der Küche einen Milchkaffee besorgt. Als die Frau, die ihn und Eva gestern Abend begrüßt hatte, nun die Terrasse betrat, war Fabio so sehr in Gedanken versunken, dass er das zweimalige „Guten Morgen" überhörte. Erst als Sara den kleinen Holztisch, auf dem er seine Kaffeetasse abgestellt hatte, umkreiste, schreckte er auf.

„Oh, Entschuldigung. Guten Morgen!"

„Guten Morgen."

„Ich hatte so früh noch niemand erwartet, und ich war, das muss ich zugeben, mit meinen Gedanken ganz woanders."

„Sara. Und wie darf ich Sie ansprechen?"

„Äh, Fabio. Fabio Gratteri. Ich begleite, wenn ich so sagen darf, Eva. Eva Eppendorf."

„Sie waren gestern Abend nach der Ankunft auf Ihrem Zimmer geblieben, nicht wahr?"

Fabio erkannte kein Schmunzeln und vermutete keine Hintergedanken.

„Ja. Wir waren müde. Wir hatten gestern beide noch viel zu tun. Dazu Tegel am Freitagnachmittag. Der Flug. Na ja, Sie verstehen."

„Darf ich mich zu Ihnen setzen? Ich vermute, das Frühstückszimmer wird noch eine Weile verwaist sein."

„Gern, natürlich, sehr gern."

Fabio Gratteri stand auf und rückte einen Stuhl zurecht.

„Danke. Ich hole mir eine Tasse Kaffee und bin gleich zurück."

Sara drehte sich noch einmal um.

„Ein Croissant oder einen Toast, sozusagen als Appetizer vor dem Frühstück?"

„Nein, danke."

„Noch eine Tasse Milchkaffe, ein Glas Saft?"

„Oh ja, gern noch einen Kaffee. Recht viel Milch, warme! Die Küchenfrau weiß Bescheid."

„Die Küchenfrau heißt Jamila. Ich bin gleich zurück."

Als Sara mit den beiden Tassen zurückkam, hatte Fabio das Rätsel bereits für sich gelöst. Sara musste, so wie sie auftrat, die Frau des Gastgebers sein, sozusagen eine Nachfolgerin von Eva, oder genauer gesagt die bislang letzte der Nach-

folgerinnen. Eine, die ebenfalls dem „Dreckskerl",
wie Eva ihn titulierte, erlegen war.

In der folgenden Stunde erwiesen sich die
Vorlieben und Interessen der beiden vermeint-
lichen Frühaufsteher als ähnliche Neigungen. Sie
unterhielten sich angeregt. Irgendwann sprachen
sie über die von Thomas Mann im Rheingau
angesiedelte frühe Jugend von *Felix Krull*. Fabio
schwärmte von der Küche und den Bergdörfern
Umbriens und der Marken, Sara erklärte, warum
Fendant zu einem Käsefondue getrunken werden
musste. Fabio erfuhr, dass Sara in Ungarn geboren
und in der Westschweiz aufgewachsen war. Er
verlor kein Wort über das Alter seiner bisherigen
Liebhaberinnen, gewann er doch schnell unge-
ahntes Gefallen an seiner Tischgenossin. Mit
seinem Griechenland-Projekt weckte er Interesse.
Sara erzählte, wer Jamila und Jorge waren. Im
Haus schlug eine Uhr zehn.

Als Caspar Hagen auf die Terrasse trat,
hatten Fabio und Sara gerade verabredet, das
Kloster Eberbach zu besuchen, auf den Spuren
Umberto Ecos und der Verfilmung seines Romans
Der Name der Rose.

„Guten Morgen. Caspar Hagen, ein
langjähriger Freund des Hausherrn, wenn ich so
sagen darf."

„Fabio Gratteri, Sara Demiany", erwiderte Sara. „Ich hoffe, Sie haben gut geschlafen."

„Sehr gut sogar."

„Setzen Sie sich. Ich denke, wir warten noch einen Moment auf die anderen Gäste. Das Frühstück ist gerichtet. Darf ich Ihnen einen Kaffee oder Tee bringen?"

„Oh, bitte keine Umstände. Aber doch, ein Espresso wäre ideal. Danke."

Sara bewegte sich erneut in die Küche.

Caspar Hagen schaute sich den Signore genauer an. Ein attraktiver Kerl. Höchstens vierzig Jahre alt, wohl der Ehemann oder Lover der jungen Dame. Und die war ebenfalls nicht zu verachten. Jo hatte, soweit Caspar sich erinnerte, beide nie erwähnt.

Caspar Hagen war nicht gerade feinfühlig. Auch nicht, wenn es darum ging, den Beziehungen zwischen zwei Menschen, dem Verborgenen in ihrem Miteinander und dem Unausgesprochenen in ihren Gesprächen schnell auf die Spur zu kommen. Ganz anders als Dragana, die ihm in dieser Hinsicht weit voraus war. Sie hatte als seine damals frischgebackene Geliebte sehr schnell die Irrungen und Wirrungen in seiner Clique und an deren breiten Rändern entschlüsselt. Nun gut. Er würde in diesem Fall nicht Dragana spekulieren lassen, sondern einfach Jo fragen, wer sich hinter Sara und Fabio verbarg.

BETTINA ERKNER HATTE SICH SCHON FRÜH auf den Weg gemacht. Alphonse war aufgewacht, als sie im Bad rumorte, gab sich aber mit ihrem „Schlaf weiter, ich gehe ein wenig spazieren" zufrieden und drehte sich auf die andere Seite. Er bewunderte Bettinas Energie und ihren Tatendrang, wenn es darum ging, „draußen, in der Natur, an der frischen Luft" zu werkeln und unterwegs zu sein. Von dieser Energie hatte seine Lebensgefährtin auch in den letzten Jahren nur wenig verloren. Er selbst konnte dem wenig abgewinnen. Er steckte seine seit geraumer Zeit immer schwerer zu mobilisierende Energie schon immer lieber in das Lesen, das Betrachten, das Verstehen menschengemachter Kultur.

Bettina war dem Leinpfad für vier oder fünf Kilometer gefolgt, war dann umgekehrt und zurückgegangen. Eine Strecke, die sie in einem flotten Tempo und ohne außer Atem zu geraten bewältigen konnte. Auf dem Hinweg hatte sie den wildbewachsenen Uferstreifen und die mächtigen Bäume bewundert. Zierkirschen, Pappeln und Platanen. Direkt am Wasser auch winzige Sandstrände, üppige Auenvegetation und Tümpel. Hier schien der mächtige Strom stillzustehen. Die am Rheinufer versammelte stattliche Zahl von Villen nahm sie auf dem Rückweg buchstäblich nur im Vorbeigehen wahr. Sie dachte an das Elbufer und an die Hanglagen in Dresden, die ihr früher immer völlig fremd geblieben waren. Ja, sie hatte diese steinernen Zeugen bürgerlicher Sattheit eher mit Abneigung und stillem Hass betrachtet.

Heute sah sie manches anders. Mittlerweile konnte sie ihr Domizil am Untersee genießen. Le Yaudet hatte sie nie besucht. Die Kehrbach-Villa gefiel ihr ausgesprochen gut. Sie war ehrlich zu sich selbst. Sie hatte sich bereits vor zwanzig Jahren in Wien und Venedig, später in Paris und Nizza nicht fremd gefühlt. Sie kam nicht mehr aus einer anderen Welt. Mit jedem Jahr weniger. Diese andere Welt war verschwunden, und ihr war in der jetzigen kaum etwas verschlossen.

Paradox war, dass auch wegen dieses Widerstreits der Empfindungen der Neustartversuch auf Usedom schiefgegangen war. Obwohl nur ein Schild abgeschraubt und ein größeres und bunteres angebracht werden musste. Ja, im Haupthaus musste einiges auf Vordermann gebracht werden. Und nicht zuletzt musste, ganz anders als vor 1990, mit viel Aufwand und gegen harte Konkurrenz um Gäste geworben werden.

Doch entscheidend für ihr persönliches Scheitern war, davon war Bettina überzeugt, dass sie damals den Spagat nicht hinbekommen hatte. Es wollte ihr nicht gelingen, sich auf der Siegerseite oder zumindest auf der Seite derjenigen, die nichts verloren hatten, einzurichten. Es war ihr unerträglich geworden, dass in den zwei Jahren, in denen sie mit Unterstützung von Caspar den Neustart versucht hatte, das Vergangene und das Neue so heftig aufeinanderprallten.

Kurz vor dem Millenium tauchten nicht nur Gäste aus dem Rheinland, aus Schwaben und Westfalen auf. Am Ende dieser bewegten neunziger Jahre verbrachten auch wieder alte „Stammkunden" ein paar Tage oder zwei Wochen im ehemaligen *Soja*-Heim. Leute aus dem Partei- und Staatsapparat, Kader aus Kombinatsleitungen oder Kulturschaffende. Die Vergangenheit.

Sie alle, die nicht mehr mit Genossin oder Genosse angesprochen wurden, wussten um die Geschichte des Hauses, die bis in die zwanziger Jahre zurückreichte, als es als Gästehaus der Reichsbank geführt wurde. Sie wussten um die Umwidmung zum Ferienheim der Partei. Sie wussten um das Schicksal der Namensgeberin, einer russischen Partisanin. Sie erinnerten sich an den zum Ferienheim gehörenden Nacktbadestrand und an umkämpfte Volleyballspiele. Nicht zu vergessen die Anekdoten über nicht enden wollende Runden mit Weißem und Braunem sowie über die wie aus dem Nichts auftauchende Kästen *Wernesgrüner*. Man lobte heute noch die unübertroffenen Rühreier zum Frühstück und die Schmalzbrote um Mitternacht. Mancher hatte heute auch keine Scheu vor Schrullen, die von volkseigenen Nutriafellen und Zeiss-Gläsern, von Kaviardosen und Westimporten erzählten. Der Tauschhandel hatte floriert.

Die Wiese, wo vormals Trabis und Ladas standen, war Ende der Neunziger mit neuen Mittelklassewagen belegt. Zumindest dort, wo Ossis parkten. Ossis, die als Projektleiter bei Immobilienfirmen aus Wiesbaden oder Düsseldorf tätig waren, die als Vizebürgermeisterin oder selbstständige IT-Fachleute abends hundemüde ins Bett fielen, als allwissende Gebäudemanager verwinkelte Objekte am Laufen hielten oder als gut vernetzte Männer im Hintergrund ihr Geld verdienten.

Die ehemalige Textima-Managerin ertrug diese Mixtur aus Ewiggestrigen, angepassten Ehrgeizlingen und gewendeten Lautsprechern nicht länger als einen langen Sommer. Sie mochte die Menschen, aber sie ertrug nicht deren Leben. Sie bat Caspar Hagen, der zwei Jahre zuvor das nötige Geld mobilisiert und Bettina eine zweite Geschäftsführerin an die Seite gestellt hatte, sie aus dem Deal freizukaufen.

Caspar war nach Usedom gekommen und hatte Bettinas Partnerin ein lukratives Angebot gemacht. Alles weitere sollten Anwälte klären und in einen Vertrag gießen. Sie waren dann an die Müritz gefahren. Er wolle, da er „eh schon in der Gegend" sei, noch einen Maler besuchen, mit dem er vor ein paar Jahren zu tun gehabt habe.

Als Bettina und Caspar die windschiefe, aber geräumige Fischerkate und deren schwerkranken alten Bewohner nach einer Kanne Tee und Zimtkuchen wieder verlassen hatten, machte sich die Noch-Hotelmanagerin ihren Reim auf die karge Unterhaltung der beiden Männer. Der fahlgesichtige, in einem Schaukelstuhl versunkene alte Mann, dünnhäutig und schwer atmend, war bis vor zehn Jahren eine Ikone der DDR-Malerei gewesen, mehrfach ausgezeichnet und auch international bekannt. Seit Jahren hatte er keinen Pinsel und keine Spachtel mehr angefasst. Mit zwei grandiosen Fälschungen hatte er sich bereits Anfang der Achtziger die Freiheit erkauft, in den folgenden wenigen Jahren sein Lebenswerk ungestört vollenden zu können.

Bettina betrat jetzt das Villengrundstück am Rheinufer durch ein kleines Tor in der Stützmauer und überwand die wenigen Stufen mit drei Schritten. Sie grüßte Jorge Mokhtari mit einem Winken, querte den Steingarten und betrat die Terrasse. Dort saßen Alphonse, Caspar und ein jüngeres Paar in der Sonne. Das Frühstück war nach draußen verlegt und zum Brunch umgewidmet worden.

„Guten Morgen."

Die vier rund um den Tisch grüßten zurück, wobei Alphonse dies ohne Worte tat.

Bettina ging aufs Zimmer, nahm rasch eine Dusche und zog sich ein frisches T-Shirt über.

Jemand hatte bereits einen fünften Stuhl herangerückt. Bettina goss sich eine Tasse Kaffee ein und griff nach einer Scheibe Körnerbrot. Sie nahm sich Rührei von einer ovalen Platte, dachte an Ahlbeck und freute sich.

DIE BEIDEN FRAUEN hatten sich dann doch entschieden, draußen Platz zu nehmen. Obwohl in der letzten Viertelstunde leichter Wind aufgekommen war. Die Sonne wärmte. Sie wählten einen Tisch am Brunnen und bestellten beide frischgepressten Saft und belegte Croissants. Sie inspizierten ein weiteres Mal ihre großen Papiertüten. Dragana hatte auf der Wilhelmstraße ein Paar Schuhe und in den Kolonnaden eine kleine Tasche erstanden. Eva hatte in einem Antiquariat das zerfledderte Begleitheft zu einer Camille-Claudel-Ausstellung im Jahre 1885 entdeckt. Außerdem hatte sie sich nach anfänglichem Zögern, aber bestärkt durch Draganas Zureden für einen breitkrempigen Sommerhut entschieden.

Als die Säfte und Croissants gebracht wurden, rückten Eva und Dragana ihre Korbstühle zurecht, setzten die Sonnenbrillen auf und genossen die Maisonne. Eva schrieb auf ihrem *iPhone* eine Nachricht, Dragana blätterte in einer Illustrierten. Vom nahen Kirchturm schlug es zwölf. Dicke Tauben näherten sich den Tischen, um dann kurz vor ihrem Ziel immer wieder erschrocken aufzufliegen. Die beiden Frauen nippten an ihren großen Gläsern.

Sie waren sich vier Stunden zuvor auf der Treppe hinab ins Parterre begegnet und hatten sich bei dieser Gelegenheit gegenseitig vorgestellt.

„Sie sind wahrscheinlich auch eher Gast, und nicht die Hausherrin", sagte Dragana und schmunzelte. „Dragana Šabac-Hagen, mein Mann ist mit dem Gastgeber eng befreundet."

„Nein, Sie haben Recht", entgegnete Eva, „ich bin nicht die Hausherrin, war aber mit dem Gastgeber fast zehn Jahre ... liiert, sagt man wohl. Entschuldigung, ich bin Eva Eppendorf."

Die dunkelhaarige und die blonde Frau waren nach Bettina Erkner an diesem Morgen die ersten Gäste, die sich in der Küche sehen ließen und Jamila um einen Milchkaffee und einen Grünen Tee baten. Frühstücken wollten sie nicht, also setzten sie sich nur für einen Moment an den Küchentisch. Während ihre Männer noch schliefen, Caspar erschöpft vom morgendlichen Akt, Fabio still den gestrigen Abend nachfühlend, entschieden sich die beiden Frauen spontan, die Chance zu nutzen, dem erwarteten und befürchteten großen Hallo zu entgehen. Drei Paare seien angekommen, gab die Hauswirtschafterin preis. Die dritte Frau sei bereits vor einer Stunde zu einem Spaziergang aufgebrochen.

Dragana und Eva überlegten jede für sich, wer diese dritte Frau sein könnte, zügelten aber ihre Neugier. Sie würden sich überraschen lassen. Sie wechselten belanglose Worte mit Jamila, bewunderten den fünfflammigen Gasherd und den Satz sehr großer getöpferter Schüsseln. Es bedurfte dann weniger Bemerkungen und schon wussten die beiden Frauen noch ein wenig mehr voneinander. Zum Beispiel, dass Eva die Villa 1992 zwar gesehen und bestaunt, aber auch danach nie betreten hatte, während Dragana zwei Jahre danach erstmals hier zu Besuch gewesen war. Die Berlinerin und die Hamburgerin fanden Gefallen aneinander.

Das ungleiche Duo entschied spontan, den dünnen Faden des gegenseitigen Interesses nicht reißen zu lassen. Also ging Dragana noch einmal nach oben und holte ihren Autoschlüssel. Zwanzig Minuten, nachdem sie sich kennengelernt hatten, fuhren die beiden Frauen zusammen nach Wiesbaden.

Die Säfte waren ausgezeichnet, die Croissants waren üppig belegt. Sie wussten bereits viel voneinander. Sie entschlüsselten auch die Wege, die sie verbanden, auch solche, von denen sie nichts gewusst hatten.

Dragana war nicht sonderlich überrascht, dass auch Eva, deren kurzer Rock schöne Beine sehen ließ, eine der vielen Frauen war, die ihren Caspar schon mit aufgerichtetem Schwanz gesehen hatten. Dabei hatte Eva nur erzählt, dass sie den ihr unbekannten Caspar Hagen über ihren damaligen Freund, eben Jo Kehrbach, kennengelernt hatte, „in London, in einem Club, in den wilden Achtzigern". Über die genauen Umstände schwieg sie sich aus, auch der Name Abigale fiel nicht.

„Ihr kanntet euch damals noch nicht, richtig?"

„Ja, das stimmt", antwortete Dragana, „wir haben uns sogar erst fünf Jahre später kennengelernt."

„Ihr, oh sorry, Sie sind zusammen hier?"

„Ja, natürlich. Caspar und Jo sind wie gesagt seit vielen Jahren befreundet. Genau genommen, seit dem Jahr der besagten Party in London. Übrigens, wir können uns gern duzen."

„Einverstanden, gern", sagte Eva und nahm eine der kleinen Gabeln, um die Reste der zerrissenen Lachsscheiben zum Mund zu führen.

Sie schwatzten fast schon wie langjährige Freundinnen über ihre Einkäufe, das den Platz umgebende, biedermeierlich anmutende Gebäudeensemble, über die sehr unterschiedliche Mentalität der Hamburger und der Berliner.

„Obwohl", warf Eva ein, „die Hotspots werden ja nach und nach eher von Schwaben, Rheinländern und anderen Wessis besetzt und geprägt. Weniger von echten Berlinern. Insofern ist schon allein unter diesem Blickwinkel Berlin sehr multikulturell geprägt."

Dragana musste lachen und erzählte, dass in Hamburg bis heute bei Geschäftsessen am Mittag, bei einem Lunch niemals Alkohol, kein Wein, kein

Bier, serviert würden. „Ganz anders als in Köln, München oder eben Berlin."

Die beiden Frauen freuten sich jede für sich, heute früh spontan die Entscheidung zur gemeinsamen Shoppingtour gefällt zu haben. Und beide fanden es angebracht und köstlich, sich jetzt, kurz vor ein Uhr ein Glas Champagner zu gönnen.

Die Kellnerin nahm die Bestellung auf, riet jedoch zu einem regionalen Riesling-Jahrgangssekt.

„Ebenfalls neun Euro das Glas, aber besser. Wirklich sehr gut."

Die Frauen schauten sich verdutzt an und nickten sich zu.

„Danke für den Tipp. Wir nehmen den Sekt."

Als die junge Frau die beiden Gläser gebracht und die Teller abgeräumt hatte, prosteten sich Dragana und Eva zu.

„Auf diesen schönen Tag und auf uns!"

„Zum Wohl!"

Wieder war es Eva, die ihr *iPhone* aus der Handtasche nahm und den Nachrichteneingang checkte, während Dragana ihre große Sonnenbrille ins Haar schob und ihre Mittelfinger leicht massierte.

„Darf ich dich etwas sehr persönliches fragen?"

Eva hatte das Telefon wieder weggesteckt und antwortete: „Kommt darauf an ... natürlich, was willst du wissen?"

„Hast du jemals Jos Tochter zu Gesicht bekommen? Ich meine, wirklich gesehen oder gar gesprochen? Mir ist es noch nie gelungen. Jo sprach früher mal von ihr, dann immer seltener. Caspar wollte ich nie fragen. Also: Wo steckt die Kleine? Sie dürfte doch mittlerweile zu alt für das Internat oder für pubertäre Zickereien sein."

Eva hatte gerade Draganas Nasenpiercing, ein winziger Edelstein, genauer unter die Lupe genommen. Jetzt verschluckte sie sich, prustete los, bekam einen Hustenanfall, wischte ihren Mund und ihre Hände notdürftig mit der Serviette ab.

„Oh. Das war nur ein Scherz. Das mit dem Internat und der Zickerei. Sorry. Geht's wieder?"

Dragana erhielt keine Antwort. Eva war aufgestanden und flüchtete hustend in das Lokal und dort auf die Toilette.

Als sie nach fünf langen Minuten wieder zurück an den Tisch kam, hatte Jos Ex ihr Makeup notdürftig aufgefrischt. Sie schien sich ein wenig gefasst zu haben. Ihr Haar hatte sie wieder flüchtig hochgesteckt.

Dragana starrte ihre neue Bekannte beunruhigt an.

„Habe ich irgendetwas Falsches gesagt?"

Eva atmete tief und versuchte, auch in die Hände und Augen und Nasenflügel wieder mehr Ruhe einkehren zu lassen.

„Lass uns noch ein zweites Glas Sekt trinken. Mir ist jetzt danach."

Dragana freute sich, als sei Eva nach langen Wochen und Monaten von einer schweren Krankheit genesen.

„Ja, klar."

Sie winkte der Kellnerin, während sie dachte: Seltsam, dass wir Frauen so extrem gegensätzlich fühlen und agieren, binnen weniger Minuten.

Mit einem freudigen Lächeln wurden die beiden Gläser serviert. Dragana und Eva dankten und lobten überschwänglich den Sekt.

„Prost. Auf dich."

„Prost. Auf uns."

Im nächsten Moment war es an Dragana, überrascht zu werden.

„Was? Wie bitte? Das kann doch nicht sein."

„Doch. Ich wusste bis vor wenigen Minuten nichts, wirklich gar nichts von Jos Tochter. Anders gesagt: Ich wusste nicht, dass Jo Vater eines Mädchens war und ja wohl immer noch ist."

„Das glaube ich nicht. Nein, natürlich glaube ich dir. Aber wie ist das möglich?"

Eva antwortete nicht. Eva dachte nach, Jahreszahlen ratterten wie die Symbolreihen von Spielautomaten durch ihr Hirn, Vermutungen und Erinnerungsfetzen sprangen hin und her.

„Wenn du mit dem Internat und der Zickerei recht hast, dann muss das Mädchen damals, sagen wir Anfang und Mitte der neunziger Jahre zehn, zwölf, fünfzehn, was weiß ich wieviel Jahre alt gewesen sein. Also, also, also ... verdammt nochmal. Jo hatte eine Tochter, als er mit mir liiert war, als wir uns kennenlernten, als wir durch die Weltgeschichte gereist sind, als wir in London waren, immer, wenn wir uns geliebt und wenn wir uns gestritten haben, als er mir in Berlin den Neustart ermöglicht hat, als wir uns getrennt haben."

„Meine Liebe, beruhige dich, bitte."

„In jeder Sekunde war er Vater einer Tochter..., und ich war die naive, unwissende, blinde, dumme Kuh. Ich fasse es nicht!"

„Beruhige dich, in deinem Interesse."

Eva beruhigte sich und fingerte nervös auf ihrem *iPhone* herum. Sie würde noch heute Nachmittag abreisen. Ihre *Lufthansa*-App zeigte, dass um siebzehn Uhr, im vorletzten Flug des Tages noch Plätze frei waren. Sie buchte um und schickte Fabio eine Nachricht.

„Könnten wir bitte gleich zurückfahren. Fabio und ich müssen kurz nach sechzehn Uhr am Flughafen sein. Wir reisen ab."

Dragana wusste, dass ihre Frage keinen Sinn machte, stellte sie aber trotzdem.

„Du fährst, ohne Jo gesprochen zu haben?"

„Er hat siebenundzwanzig Jahre nicht mit mir gesprochen, warum sollte er es heute tun?"

„Weil du ihn heute fragst."

Auch diese Bemerkung war unpassend. Das merkte Dragana, noch ehe sie den Satz ausgesprochen hatte.

„Nein! Ich werde dieses Arschloch nicht fragen. Nicht nach siebenundzwanzig Jahren. Nicht nach bald zwei Jahrzehnten, die ich ohne ihn, ohne diese Frage und ohne eine verlogene Antwort ausgekommen bin. Basta."

Auf der Fahrt nach Eltville sprachen die beiden Frauen kein Wort miteinander. Wenn die Stille unerträglich wurde, legte mal die eine ihre Hand auf den Oberschenkel der anderen, stupste die eine die andere am Arm. Sie hingen ihren Gedanken nach.

Eva suchte nach Erklärungen. In den ersten Jahren, während ihres Studiums war sie es, der der Gedanke an ein eigenes, mit Jo gemeinsames Kind völlig fremd gewesen war. Mit dem Antritt des

Jobs in Bad Homburg war Nachwuchs ebenfalls tabu. Ja und dann, in den zwei, drei Jahren, als ihre Liebschaft, die ja nie eine feste, stabile, in gemeinsamen vier Wänden gelebte Beziehung war, zu zerbröckeln begann, hatte sie keine Energie mehr für eine solch weitreichende Entscheidung. Keine Kraft und keinen Willen, neben dem anstrengenden Neuanfang in Berlin auch noch das private Miteinander neu zu justieren. Hatte er sie nach Berlin abgeschoben? Mit dem schroffen und unverrückbaren „Nein" zur Villa war – das begriff sie erst jetzt in seiner ganzen Tragweite – schnell das Schlusswort gesprochen worden.

Dragana steuerte ihren SUV langsam zum Rheinufer und parkte vor dem schmiedeeisernen Eingangstor. Ihr war es immer noch ein Rätsel, wieso Eva über all die Zeit, vor allem während der Zeit mit Jo, nie etwas von oder über die Tochter gehört hatte. Sie, Dragana, wusste doch auch von den unzähligen Affären ihres Mannes, ohne dass sie über jedes der Flittchen und über jeden Fick Bescheid zu wissen brauchte. Zum Glück hatte sie Eva nicht als erstes *die* Frage gestellt, die ihr eigentlich schon heute morgen auf der Zunge gebrannt hatte. Nämlich die, ob sie, Eva, die Mutter der geheimnisvollen, nie zu sehenden Tochter sei. Der Tochter, die schon als Mädchen nie zu sehen gewesen war, und die bis heute ein Phantom geblieben war.

Die beiden Frauen packten ihre Einkäufe vom Rücksitz und gingen über den schattigen Kiesweg hinauf zur Villa. Sie hörten Stimmen und umrundeten das Haus. Auf der Terrasse saß eine den Beiden unbekannte Frau, die Füße auf einen zweiten Stuhl hochgelegt, und las in einem Buch. Auf dem Rasenstück vor dem Pavillon schaukelte eine junge, doch immerhin bestimmt bald dreißigjährige Frau. Sie jauchzte, streckte ihre langen Beine aus und rief dem hinter der Schaukel stehenden jungen Mann immer wieder zu, er möge sie kräftiger anschieben.

Dragana musste lachen. Eva ließ ihre große Tüte einfach fallen.

„Fabio!"

„Ciao bella", grüßte Fabio, der ziemlich außer Atem war und noch einmal kräftig anschob.

Dann herrschte eine ohrenbetäubende Stille.

Die Frau auf der Schaukel ließ es auspendeln. Sie stieg ab, strich über ihren kurzen Faltenrock und ging auf die beiden Ankömmlinge zu.

Eva fiel es wie Schuppen von den Augen. Im ersten Moment wusste sie, dass sie dieses Gesicht schon einmal gesehen hatte. Im zweiten Moment erkannte sie in der Frau das geheimnisvolle Mädchenporträt in Le Yaudet. Und nur einen kurzen Augenblick später, die Schaukel-Frau hatte ihr zur Begrüßung die Hand gereicht, war Eva sich sicher. Diese schöne, unschuldig und freudig strahlende Frau war die Tochter, musste Jos Tochter sein.

„Guten Tag, Sara Demiany. Sie sind sicherlich Frau Eppendorf?"

Eva war zu keiner wirklich freundlichen Antwort fähig.

„Äh, ja. Eva Eppendorf." Sie wandte sich direkt an ihren immer noch neben Sara stehenden Liebhaber, der jetzt sichtbar nachschwitzte.

„Fabio, wir reisen sofort ab. Ich hole unser Gepäck, bitte rufe ein Taxi."

Dragana bot vergebens an, das Berliner Paar zum Flughafen zu chauffieren. Fabio wechselte mit Sara einige Worte; sie verabredeten, morgen oder Anfang nächster Woche zu telefonieren. Sara war erschrocken, stellte aber keine Fragen. Auch nicht an Dragana, die von Jorge erfuhr, ihr Ehemann sei mit Monsieur Le Yaudet zum Weingut Baron Knyphausen aufgebrochen.

Eine Viertelstunde später hatte das Taxi mit Eva Eppendorf und Fabio Gratteri bereits die Autobahn erreicht. Sara Demiany stand unter der

Dusche. Sie genoss den kalten beißenden Wasserstrahl auf ihrer Brust und ihrem Bauch, und sie überlegte, wie sie Fabio Gratteri nochmals nach Eltville oder gar in die Schweiz locken konnte. Dragana Šabac-Hagen hatte sich zu Bettina Erkner gesetzt. Sie schwärmte vom Wiesbadener Kurviertel und empfahl den köstlichen Hochheimer Rieslingsekt. Bettina legte ihr Buch zur Seite. Einen Roman, dessen Handlung in Kreisen der russischen Avantgarde spielte, geschrieben Anfang der dreißiger Jahre von einem weitgehend unbekannten Autor, der bald darauf Opfer der großen Säuberung geworden war.

ALPHONSE LE YAUDET UND CASPAR HAGEN hatten sich nach ihrem Marsch zum Weingut erst einmal eine Flasche Wasser gegönnt. Drei Kilometer, das war für den übergewichtigen Franzosen kein Zuckerschlecken. Auch Hagen schnaufte, als sie sich unter den mächtigen Bäumen des ehemaligen Wirtschaftshofs niederließen.

Die Beiden wussten seit rund zwei Jahrzehnten voneinander. Doch sie hatten sich erst vor fünf Jahren persönlich kennengelernt. Jo hatte die Fäden in der Hand gehabt und seine Partner da eingesetzt, wo es der jeweils aktuelle Deal erforderlich gemacht hatte. Alphonse mit seinem

Kunstverstand und seinen Verbindungen zu Sammlern und Museen, Caspar mit seinen Geldquellen und dem internationalen Renommee seiner Firma. Jo selbst war „operativ", wie er gern sagte, „im Vorfeld" tätig. Ihm oblag die Recherche und Suche in den Magazinen der DDR-Museen, bei dortigen Privatsammlern – davon gab es etliche – und an geheimen Orten, die allein der Roten Armee und den Sicherheitsorganen bekannt waren. Auch die Handvoll Fälscher hatte er als erster kontaktiert.

Erst 2005, als alle genug Abstand zu den geschäftigen Jahren gewonnen hatten, waren sie bei Alphonse in dessen damals neuem Domizil am Bodensee zusammengekommen.

Alphonse und Caspar verstanden sich schon damals gut. Ein Beispiel dafür, dass enge Bande durch erfolgreiches Tun entstehen kann, ohne dass persönlicher Kontakt erforderlich wäre. Sie respektierten sich. Sie waren erfahren und mittlerweile etwas müde. Konkurrenzdenken und Hinterhältigkeit hatten in dem Trio nie eine Chance gehabt. Keiner wusste um die Neigungen des anderen. Wenn doch, wären sie wohl hingenommen worden. Beide wussten um ihr unaufhaltsames Altern. Sie waren sich mittlerweile sicher, dass Jo, der Dritte im Bunde und Regisseur aller Inszenierungen, sich an diesem Wochenende nicht würde sehen lassen.

Jo hatte ihnen versichert, sie bräuchten keinerlei Befürchtungen zu haben. Trotz des *FAZ*-Artikels, der kürzlich uralte Geschichten und längst bekannte Sachverhalte erneut aufgewärmt hatte. Das einzig Neue: Eine TV-Dokumentation wurde angekündigt.

Jo hatte sie beruhigt. Die *KoKo*-Leute seien relativ schnell identifiziert und „stillschweigend entsorgt oder versorgt" worden. Die Händler und Abnehmer „auf unserer Seite der gefallenen Mauer" müssen nichts befürchten. Die Objekte hingen in Museen oder Privatsammlungen, viele lagerten irgendwo in Arsenalen und Bunkern. Niemand werde sich als vermeintlicher Hehler und getäuschter Käufer bekennen. Davon war Jo überzeugt. „Pas de problème, don't panic, keine Sorge, liebe Freunde."

Sowohl Alphonse als auch Caspar wusste, dass viele Gemälde, Statuen und Büsten bereits ein zweites Mal den Besitzer gewechselt hatten. Sie schmückten nun in China, in den USA, in Russland oder in den Emiraten das Haus von Funktionären, Milliardären, Oligarchen und Kronprinzen. Sie alle hatten sich die alte und neue Kunst, die Genrebilder und Akte, die italienischen Landschaften und bunten Kubisten sehr viel kosten lassen. Und das Trio hatte daran viel verdient.

Sie begannen mit einem Riesling. Im Gegensatz zu anderen Winzern setzte das Weingut auf diesen Rheingau-Klassiker. Kein Grauburgunder, kein Weißburgunder, kein Blanc de Noir. Zwischendurch knabberten sie Laugenbrezelchen und probierten drei Sorten lokalen Frischkäse.

Die Blütenpracht rund um den Hof, den vor vielen Jahren Zisterzienser bewirtschaftet hatten, nahm Caspar zum Anlass, nach Bettinas Leidenschaft für die Gärtnerei zu fragen.

„Ist sie mit der Rosen-Züchtung zufrieden?"

Le Yaudet hatte nicht richtig zugehört. Er beobachtete zwei kleine Mädchen, die vor ihren Eltern über den Kies rannten, um eine Katze zu fangen.

„Pardon, was hast du gesagt?"

„Ob deine Liebste mit Erfolg gärtnert, wollte ich wissen."

„Ja, natürlich. Nicht ‚natürlich', aber ja. Die Rosen machen Fortschritte. Obwohl Bettina jetzt auch viel Zeit in der Genossenschaft verbringt."

Caspar war zufrieden. Die Unaufmerksamkeit und die Antworten seines Geschäftsfreundes ließen vermuten, dass er bis heute nicht von dem kurzen Techtelmechtel mit Bettina wusste. Er wurde sofort übermütig.

„Sollten wir nach all den Jahren nicht einmal zusammen, ich meine zusammen mit allen Frauen ein paar schöne Tage verbringen? Dragana und Bettina wissen wohl voneinander, aber sie haben sich bislang noch nie getroffen."

„Ja, warum nicht. Wobei die beiden sich bestimmt heute oder morgen über den Weg laufen werden. Wenn sie es in der letzten Stunde nicht bereits getan haben."

„Du hast Recht", entgegnete Caspar Hagen, „wobei es ja eigentlich kein Paare-Wochenende werden sollte, wenn ich Jos Einladung richtig verstanden habe. Meine Holde hat das sofort gerochen und in den vergangenen Tagen mehrfach darauf hingewiesen, eingeladen seien ja wohl nur ‚alte Kumpane'. Aus ihrem Mund ist ‚ewige Männerfreundschaft' ein Schimpfwort."

Alphonse Le Yaudet musste lachen.

„Aber sie ist mitgekommen."

„Ja, du weißt doch, sie passt auf, dass ich nicht dem falschen Hintern hinterherlaufe."

„Auch heute noch? Du bist fast so alt wie ich."

„Ja. Gerade jetzt. Sie wird aufmerksamer und eifersüchtiger. Sie ist vierzig, das macht ihr und – dir kann ich das sagen – auch ihrer Figur zu schaffen."

Alphonse Le Yaudet lächelte. Ihn interessierten Hintern erwachsener Frauen nicht, auch nicht deren andere Rundungen.

„Sie wissen nicht, was ihnen noch bevorsteht."

Jetzt war es an Caspar Hagen, den Worten seines Gegenübers nicht folgen zu können.

„Bitte?"

„Ich meine", so setzte der Franzose erneut an und wies auf die beiden Schwestern, „sie haben mit ihren acht oder zehn Jahren noch keine Ahnung davon, dass sie bald besonderen Schutz nötig haben werden, um den vielen auf sie lauernden Gefahren zu entkommen."

Caspar verstand nichts, nickte nur verständig und schlug vor, da die Flasche geleert war, doch noch die Neuheit des Weinguts zu kosten.

„Roter Riesling. Eine uralte, erst jetzt wiederentdeckte Rebsorte. Knyphausen hat sie im vergangenen Jahr zum ersten Mal geerntet. Der Wein ist kräftiger und weniger säurelastig."

Die Männer plauderten über den landschaftlichen und den kulinarischen Reiz des Rheingaus. Sie belächelten den Argwohn vieler Bekannten ob ihrer eigenen Vorliebe für die bretonische Andouillette und den Lübecker Labskaus. Und sie genossen den leicht rosa schimmernden Wein.

Sie brachen beschwipst auf. Beide hatten entschieden, wie vorgesehen erst morgen am späten Vormittag abzureisen. Auch wenn es absehbar war, dass Jo sich heute nicht mehr blicken lassen würde.

„Wir sollten uns aber schon noch einmal treffen", regte Caspar Hagen an und machte gleich einen konkreten Vorschlag. „Die Fußball-WM in Südafrika wäre doch ein guter Anlass."

Alphonse Le Yaudet, der bereits nach knapp einem Kilometer ins Schwitzen kam, konnte dem Vorschlag etwas abgewinnen. Sie blieben für einen Moment stehen. Der Franzose wischte sich mit einem Taschentuch den Schweiß von der Glatze. Caspar Hagen kratzte sich zwischen den Beinen.

„Gute Idee. Fußball muss nicht sein, aber Südafrika würde mich reizen. Außer Marokko und Algerien kenne ich kein Land auf diesem Kontinent."

„Mein Apartment in Kapstadt bietet drei Schlafzimmer. Also Platz für alle, egal, ob Jo in Begleitung oder ohne kommt."

Nach knapp einer Stunde, unterwegs legten sie an der Eltviller Bootsanlegestelle nochmals eine kurze Pause ein, hatten die beiden Männer die Villa wieder erreicht. Trotz des immer noch sonnigen Wetters saß niemand auf der Terrasse. Über der Villa lag eine seltsame Stille. Eine Tasse, ein benutzter Aschenbecher und ein Buch.

Alphonse Le Yaudet erkannte Bettinas derzeitige Lektüre und schaute sich suchend um. Caspar Hagen nahm die letzten Spuren von Draganas Parfüm wahr und sah hinauf zum offenen Zimmerfenster.

Johannes Kehrbach verhandelte derweil in Moskau über die Rückführung von Werken aus Lissitzkys *Proun*-Zyklus und schätzte seine Provision auf eine Viertelmillion.

DRAGANA UND BETTINA hatten sich ins Haus zurückgezogen. Von Westen her waren Wolken aufgezogen.

Die abrupte Abreise Evas bewegte Dragana mehr als Bettina. Die Hamburgerin versuchte angestrengt, den Vormittag und die Unterhaltung am Nassauer Platz zu rekapitulieren. Wann genau, an welcher Stelle des Gesprächs hatte Eva entschieden, sofort abzureisen?

Sicher, dass Jo eine Tochter hatte, von der Eva nichts, jahrelang nichts gewusst hatte, war schon ein Grund. Dass dieses Geheimnis ihres Ex sie bis ins Mark getroffen hatte, war verständlich. Dass Eva das Lüften dieses Geheimnisses, das für sie offenbar mehr Lüge als Geheimnis war, mit Jo nicht „diskutieren" wollte ... okay. Doch warum die übereilte Abreise, wo Johannes Kehrbach sich bisher sowieso nicht hatte sehen lassen? Dragana Šabac-Hagen fand keine Antwort.

Bettina Erkner, die im Schneidersitz vor dem Kamin auf dem Boden saß, machte sich ihre eigenen Gedanken. Das war also die Ehefrau von Caspar. Das waren die achtzig Kilo Körpergewicht, denen Caspar Hagen an der Müritz entkommen wollte. Und denen er tatsächlich entkommen war. Auch zu ihrem Vergnügen, wie Bettina ohne Reue eingestand. Er hatte sie angebaggert, wie man im Westen damals wohl sagte, und sie hatte sich entschieden, die Gelegenheit zu nutzen.

Sie hatte sich fallen lassen. Sie hatte keine Sekunde an Alphonse, an ihre verlorene Heimat und an den frischen Ahlbecker Deal gedacht. Sie hatte sich einfach fallen lassen. Besinnungslos. Sie genoss, wobei sie nicht genau hätte sagen können, worin der Genuss genau bestand. Sie konnte auch heute nicht sagen, was ihr vor mehr als zehn Jahren den entscheidenden Kick gegeben hatte. Vielleicht hatte sie einfach nur das Fenster zu ihrem weiteren Leben ganz weit aufreißen wollen.

Als Alphonse seine beiden Kumpane 2005 an den Bodensee eingeladen hatte, versuchte Caspar eher halbherzig und stümperhaft an die Müritz-Nacht anzuknüpfen. Bettina hatte ihn ohne Worte abgewiesen.

In der Bibliothek stand auf dem Kaminsims eine Reihe gerahmter Fotos. Der junge Jo mit langem lockigem Haar und eine schwarzhaarige Frau, eine Brille auf der Nase, markante Augenbrauen, Arm in Arm und in die Kamera lachend. Jo, Caspar und der noch nicht ganz so dicke Franzose am Brandenburger Tor, lächelnd, aber doch etwas steif in die Kamera schauend. Jo und ein Mädchen, das sich an ihn klammert und zu ihm aufschaut. Auf dem nächsten Foto dasselbe Mädchen, vermutlich die Tochter, zwei, drei Jahre älter, immer noch recht hager, einen Teddy im Arm und einen Hund zu ihren Füßen, eher ver-schüchtert als froh dreinschauend. Als letzte Auf-nahme war ein Foto dazugekommen, das eine fotografierende junge Frau zeigte, zwischen Rebstöcken, irgendwo oberhalb eines Flusses oder Sees.

Die Fotografin war eine Schönheit, sagte sich Dragana, die aus ihrem Sessel aufgestanden war, um sich die Bildergalerie nochmals genauer anzuschauen. Es war die junge, verschlossene

Frau, die sie gestern Abend zusammen mit dem alten Mann empfangen hatte. Und die heute das Anschieben der Schaukel durch den jungen Mann – „Fabio!" hatte Eva wie von der Tarantel gestochen geschrien – so genossen hatte.

Das war sie also. Zu hundert Prozent. Jos Tochter und unverkennbar, das verrieten Augen und Nase, die Tochter der Schwarzhaarigen auf der ersten Aufnahme. Dragana begriff allmählich, warum Eva derart geschockt gewesen war und sofort abreisen wollte. Hatte sie diese Fotoreihe bereits gesehen und entschlüsselt? Eva hatte Dragana nicht danach gefragt, noch nicht einmal eine Andeutung gemacht.

Dragana erzählte nun auch Bettina, dass sie selbst vor vielen Jahren die Existenz der Tochter angezweifelt hatte. „Wir bekamen sie einfach nie zu Gesicht. Das war sehr seltsam."

Bettina räumte ein, von der Existenz der Tochter gehört zu haben, aber sie habe sich für „solche Geschichten" nie besonders interessiert. Erst gestern Abend, nachdem Alphonse die hübsche Frau überschwänglich begrüßt, diese jedoch eher spröde reagiert hatte, habe sie, als sie unter vier Augen nachfragte, von ihrem Mann erfahren, dass es sich bei der Schönheit um Sara, Jos Tochter, handelte.

Dragana tunkte eines der von Jamila aufgetragenen Kokosplätzchen in ihren Tee und biss die weiche Ecke ab.

„Eine Kindheitserinnerung an die Sonntage bei der Oma meiner besten Freundin."

Bettina war sich sicher, dass Dragana mogelte. Sie aß einfach gern Süßes. Das sah man.

Bettina kam noch einmal auf Jos Tochter zurück.

„Die gerade überstürzt abgereiste Frau – Eva, wenn ich richtig gehört habe – war dann also eine Ehemalige von Jo, die nichts von seiner Tochter wusste?"

„Ja, so ist es. Sie hat erst heute Mittag durch mich, aber von mir völlig unbeabsichtigt, von Saras Existenz erfahren."

„Ja, man erfährt überraschende oder gar schlechte Nachrichten nicht immer dann, wenn man darauf vorbereitet ist. Oder?"

Bettina fragte sich, ob Dragana auf schlechte Nachrichten vorbereitet wäre.

Dragana antwortete nicht sofort. Sie überlegte und beobachtete ihre Gesprächspartnerin etwas genauer. Fünfundfünfzig? Auf jeden Fall über fünfzig. Zurückhaltend, aber überzeugt in ihren wenigen Aussagen. Schlank, sportlich, wahrscheinlich nur gesunde Kost – die

Plätzchen hatte sie noch nicht angerührt – und kaum Alkohol. Klug, eine, die eher liest, als dass sie ins Kino geht. Ob sie mit Alphonse Le Yaudet Sex hatte? Wenn ja, welche Art Sex? Sie hielt sich keinen attraktiveren und jüngeren Liebhaber. Davon war Dragana Šabac-Hagen überzeugt.

„Da haben Sie recht. Eva war nicht vorbereitet. Dass in all den Jahren, die für Eva ‚ihre Jahre mit Jo' waren, irgendwo auf dieser Welt ein Mädchen Jahr für Jahr älter wurde und dieses Mädchen Jos Tochter war, kann Eva selbst jetzt, eine Ewigkeit danach, offenbar nicht ertragen."

Bettina setzte ihre Tasse ab und nahm sich ein Plätzchen.

„Kennt man die Mutter? Wo lebt sie? Doch nicht bei Sara, die in der Schweiz zuhause sein soll, wie Alphonse gestern Abend andeutete."

Auch Dragana griff noch einmal zu.

„Köstlich. Wir sollten die alte Frau nochmals extra loben."

Sie schob sich das Gebäck in den Mund, ohne es diesmal in den Tee zu tunken.

„Ich bin mir ziemlich sicher, dass die Frau mit Brille die Mutter ist. Ich denke nicht, dass Jo oder gar Sara die Fotografie einer völlig fremden frühen Freundin in diese Reihe auf dem Kamin gestellt hätte."

Oha. Bettina fragte sich, ob sie in den Augen Draganas ebenfalls eine „alte Frau" war. Laut sagte sie etwas anderes.

„Aber offenbar gehört die Brillenträgerin der Vergangenheit an. Sonst läge doch ein aktuelleres Bild – sie mit Jo oder die drei zusammen – nahe. Nun gut. Lassen wir das Thema. Eine hysterische Frau reist ab, zwei gelangweilte andere Frauen zerbrechen sich unnötig den Kopf."

Sie verkneift sich kein Süßgebäck, und sie ist auch noch witzig, so, so. Dragana war freudig überrascht.

„Vielleicht klärt uns Jo selbst auf, falls er sich noch einmal sehen lässt. Ich vermute übrigens, unsere Männer – wenn ich so sagen darf – rechnen nicht mehr mit seinem Eintreffen."

Die bald Sechzigjährige und die Vierzigjährige saßen noch eine Weile zusammen. Bettina stöberte in den Regalen mit Biografien. Dragana schwärmte von dem Wiesbadener Ledergeschäft, in dem sie heute eine Tasche erstanden hatte. Bettina verriet, dass sie im Frühherbst endlich die Karawanken durchqueren wolle – „selbstverständlich ohne Alphonse". Dragana wollte Caspar dazu gewinnen, mit ihr nach Ägypten zu fliegen.

So unterschiedlich die beiden Frauen und ihre Herkunft waren, ihre ehemals sehr ausgeprägte Abneigung gegen bürgerlichen Reichtum, der sich auch Landschaften und Baukultur einverleibte, war ihnen gemeinsam. Die untergegangene DDR und die weiterhin bestehende Cuxhavener Sozialbausiedlung standen letztendlich für das Gleiche. Heute verband die beiden Frauen, dass sie sich mit fremdem Reichtum gut arrangiert hatten. Zumindest war dies der Eindruck, den sie vermittelten.

Von draußen waren Stimmen zu hören. Stühle wurden verrückt. Die Frühschoppengänger stolperten über die Terrasse, durchquerten den Salon und strandeten schließlich in der Bibliothek. Wer das Quartett jetzt sah, hatte keinen Zweifel, dass die Frauen gern auf die Männer hätten verzichten können.

Die Frauen verständigten sich, nach einer Dusche oder einem Bad etwas auszuruhen. Sie verabredeten sich für neunzehn Uhr. Zu einem guten Abendessen. Die beiden Männer inklusive. Dragana Šabac-Hagen reservierte telefonisch einen Tisch in der *Ente*. Bettina Erkner nahm Joyce Carol Oates Roman *Blond* aus dem Regal. Alphonse Le Yaudet starrte auf das Foto, das Sara mit Teddy im Arm zeigte. Caspar Hagen überlegte, wie er die drei anderen nach dem Essen für einen Gang ins nahe Casino würde begeistern können.

Johannes Kehrbach schickte seiner Tochter eine E-Mail. Er werde frühestens Montag, vermutlich erst am Dienstag wieder in Deutschland sein können. Die Verhandlungen seien doch schwieriger als erwartet. Sie möge bitte Jorge und Jamila Bescheid geben ... und die Gäste grüßen.

SARA HATTE LANGE ÜBERLEGT. Doch als die beiden Paare die Villa verlassen hatten, zog sie die Dachbodentreppe nach unten und stieg hinauf.

Hier hatte sie in den ersten anderthalb Jahren ihr kleines Himmelreich eingerichtet. Bevor es zur Hölle geworden war. Das Gartenhaus, das Sara bei ihrem ersten Besuch in Eltville als *ihr* Haus ausgewählt hatte, musste damals noch ausgeräumt und hergerichtet werden. Eines der beiden unbewohnten Zimmer im ersten Stock der Villa – das Nähzimmer und die Umkleide – wollte sie nicht beziehen. Das Arbeitszimmer sowieso nicht.

Jo machte ihr eine Freude, als er eines Tages ganz am Ende des oberen Flurs – man musste sogar noch um eine Ecke gehen – die Treppe mit einem langen Hakenstab herunterzog. Er hatte bereits aufgeräumt und Saras Einzug vorbereitet. Zwei riesige Überseekoffer, eine Holzkiste mit verstaubten alten Büchern sowie ein Regal mit

Geschirr ließ er stehen. Als Bett diente ein sehr breiter Diwan, voller bunter Kissen, vor dem ein Vorhang angebracht worden war. Ein Tisch, ein Stuhl, ein kleiner Hocker, ein Spiegel. Der Holzboden war mit Teppichen und übergroßen Decken ausgelegt. Auf einem reich verzierten kupfernen Tablett standen drei dicke Duftkerzen.

Sara teilte den niedrigen Raum direkt unter dem Dach mit ihrem Teddy und einigen Puppen. Sie räumte Musikkassetten, Bücher und ihr Schmuckkästchen in ein kleines Regal. Hinter den Überseekoffern richtete sie ein Geheimfach ein. Einen Kleiderschrank benötigte sie nicht, da sie das Ankleidezimmer ganz alleine nutzen konnte. Ihre Schulaufgaben konnte sie in einem der beiden Arbeitszimmer oder am Küchentisch machen.

Als Sara jetzt die Klappe zum Dachgeschoss öffnen wollte, zögerte sie nur einen kurzen Augenblick. Als sie auf den oberen Treppenstufen stand und sich durch die Öffnung zwängte, überkamen sie Angst und Freude, Glücksgefühle und Schauder. Sie rutschte die ersten Meter auf Knien in ihre ehemalige Höhle. Sie konnte sich nur in der Mitte des Raums voll aufrichten, also setzte sie sich auf einen alten, ihr unbekannten Stuhl.

Ihr privates Reich war groß gewesen, hier konnte man sich hinter den Koffern verstecken und unter dem Diwan. Abgehängt durch die Vorhänge war ihre Schlafstatt eine eigene kleine Höhle in der großen gewesen. So hatte sie es damals, vor siebzehn Jahren empfunden. Eine kleine Höhle, in die man nicht hineinsehen konnte.

Hier hatte Onkel Alphonse sie ein paar Mal besucht und gezeichnet, ihr schöne Traumgeschichten erzählt. Sie durfte sich an ihn schmiegen, seinen dicken Bauch streicheln, ihn kitzeln und liebhaben. Er hatte sie dafür beschützt. Ihre kleine Höhle war ganz dunkel gewesen. Sie spürte seine Finger, und ihre hatten gezittert. Er lobte sie.

Ihr gemeinsames Geheimnis brauchte sie nicht in ihrem Geheimfach verstecken, damit niemand davon erfuhr. Man würde ihr Herz öffnen müssen, um es zu finden. Oder den dicken Bauch von Onkel Alphonse.

Sara schob den Vorhang ganz zur Seite. Sie setzte sich auf den Diwan. Ihren Teddy und eine Puppe hatte sie bei ihrem Umzug in das Gartenhaus mitgenommen. Die meisten Bücher standen immer noch im Regal, auch viele Kassetten. Das Schmuckkästchen, darin eine Halskette ihrer Mutter und billige Mädchenringe, war vor mehr als anderthalb Jahrzehnten ebenfalls mit ihr ins Gartenhaus umgezogen.

Sie schaute hinüber zu den Koffern. Und jetzt fiel ihr erstmals auf, wie klein der Dachboden in Wirklichkeit war. Verglichen mit damals, ihrer kindlichen Erinnerung. Sie dachte an ihr Geheimfach, versteckt im freiliegenden Gebälk hinter dem helleren der beiden großen Gepäckstücke. Sie stand auf, wischte Spinnweben zur Seite und kroch in die Ecke.

Das Geheimfach war noch da. Die dicke Staubschicht ließ sich nicht einfach wegblasen. Sie rieb sie an einem der Kissen, dann mit ihrem Ärmel ab. Der Verschluss funktionierte noch und ließ sich leicht öffnen. Ihr erster Lippenstift. Ihr erster Liebesbrief, für einen Jungen in Neuchâtel, den sie nie abgeschickt hatte. Ein Passbild ihrer Mutter. Ein kleines Foto ihres Vaters. Ein gummierter Magnet, ein Souvenir, der einen Leuchtturm in der Bretagne darstellte. Ein Blatt Papier mit unterschiedlich großen Fingerabdrücken. Ein selbst gebastelter Ausweis, der ihren Namen und ihren Geburtstag enthielt, und besagte, sie sei „das schönste Mädchen auf der Welt" und sie werde „ewig beschützt" sein.

Sara gefror das Blut in den Adern. Und gleichzeitig pulsierte es wie Hammerschläge in ihrem Kopf. Ihre Erinnerungen lagen plötzlich frei. Sie erinnerte sich an das Schnaufen auf der schmalen Leiter. Sie spürte die Wärme und hörte die schöne Stimme. Sie strengte sich danach immer an, das neue Geheimnis, das immer dasselbe war, tief in ihrem Herzen zu vergraben.

Sara stand auf, nahm die Dinge aus dem Geheimfach mit und stieg hinab. Sie flüchtete ein zweites Mal in ihrem jungen Leben in das Gartenhaus. Sie warf die Utensilien auf ihr Bett und nahm danach jedes Stück wieder in die Hand. Mehrmals. Sie betrachtete die Fotos, den Ausweis, die Fingerabdrücke, wusste, dass sie den Liebesbrief an Nicolas – der Name und die Farbe seines Fahrrads waren plötzlich wieder da – nie mehr lesen würde. Sie warf den zweiseitigen Brief und die Fingerabdrücke zusammen mit dem Lippenstift und dem Magnet in ihren Mülleimer. Die beiden Fotos steckte sie zwischen die Seiten ihres Tagebuchs. Den Ausweis steckte sie dazu, nachdem sie sich gegen das Zerreißen entschieden hatte.

Jamila sah, dass etwas geschehen sein musste. Sara war aufgekratzt und gleichzeitig still, als sie sich am Küchentisch niederließ. Sie bot der Hausherrin, die sie nie als solche ansprechen oder auch nur bezeichnen durfte, eine echte Trinkschokolade an. Sara hatte eigens eine Dose mit ihren Lieblings-Sticks aus der Schweiz mitgebracht.

„Ja, danke."

„Die Herrschaften werden morgen Vormittag abreisen", sagte Jamila. „Für morgen Abend habe ich Spargel besorgt."

Sara bedankte sich auch dafür. Ihre Freude war aber nur zu erahnen.

„Mit Schinken oder mit einem Schnitzel?"

Sara rührte in ihrem Schokolade-Becher.

„Nur mit Butter oder mit einer *Hollandaise*?"

Jamila fügte schnell hinzu, sie könne sich auch noch morgen entscheiden.

Sara dachte daran, Fabio Gratteri schon heute Abend anzurufen. Sie musste das überraschende Neue festhalten, den Rausch ins Morgen verlängern, am Leben halten. Hatte sie sich verliebt? Aus heiterem Himmel. Wie ein junges Mädchen auf einer Kinderschaukel? Jetzt, wo sie das kleine Mädchen auf der Schaukel wiederentdeckt hatte, unter einem Meer von Kissen, die nach Moder rochen.

Sie trank ihre Schokolade aus.

„Ich gehe heute früh schlafen. Ich bin müde und will morgen zeitig aufstehen, um die Gäste zu verabschieden."

Selbst ein kleines Abendessen – „einige Tapas sind schnell gerichtet", hatte Jamila noch gesagt – lehnte Sara ab.

Sie plauderte noch eine Weile mit Jamila, die besorgt „ihre kleine Sara" anschaute und doch nicht weiter verwöhnen konnte. Aber erheitern.

Sie schwatzte drauflos. Jorge habe sich endlich einverstanden erklärt, sich auf einen kleinen Rasenmähertraktor zu setzen. Don Juan habe ihn dazu überredet. Eine Urenkelin ihrer ältesten Schwester – „stell dir das einmal vor!" – wolle Profifußballerin in Frankreich oder Deutschland werden. „Und ganz im Vertrauen, liebe Sara": Der Chauffeur des Nachbarn, vermutlich ein Jugoslawe oder Russe, mache ihr schöne Augen.

„Obwohl er Jorge kennt!"

Sara schmunzelte, weil sie hinter Jamilas Entrüstung eine Spur verschämten Stolzes zu entdecken glaubte.

Jamila stellte einen kleinen Teller mit Bällchen aus Maisgrieß und zerrupften Sardinen auf den Tisch, dazu etwas Couscoussalat und einige Pfefferminzblätter. Ein Rest mariniertes Lamm in Granatapfeljus war auch noch da.

Sie setzte sich zu Sara und biss in eines der frittierten Bällchen.

„Probiere auch einmal, ein altes Rezept meiner Mutter."

Am Ende hatte Sara dann doch ein kleines Abendessen zu sich genommen und zwei Gläser frisch aufgebrühten Pfefferminztee getrunken. Jamila war zufrieden, und sie freute sich mit „der Kleinen". Denn Sara hatte nicht nur etwas gegessen, sondern ihr mit einem endlich strahlenden Gesicht gestanden, sich heute verliebt zu haben.

Sara duschte zum zweiten Mal an diesem Tag ausgiebig, schrubbte ihren Körper und genoss am Ende mehr denn je die auf sie niederprasselnden kalten Wasserstrahlen. Sie setzte sich, schon im Schlafanzug und ein Dreieckstuch über den Schultern, in einen Sessel, hörte Musik und las in Stieg Larssons *Verdammnis*. Sie entschied, Fabio doch erst morgen anzurufen, wenn auch die anderen Gäste abgereist sein würden.

Als die beiden Gästepaare weit nach Mitternacht aus Wiesbaden zurückkehrten, schlief Sara fest und tief. Das viermalige Schließen der Autotüren, die Schritte im Kies und die gemurmelten Worte hätten auch ein entferntes Traumgeschehen sein können.

IV

EVA HATTE DEM TAXIFAHRER noch einen zusätzlichen Zwanziger in die Hand gedrückt, damit er Fabio zu dessen Wohnung in Neukölln brachte. Sie wollte allein sein. Da sie mit Fabio in der kurzen Zeit ihrer Liaison nur gefickt oder sonst Spaß gehabt hatte, wollte sie am gestrigen Abend nicht riskieren, mit ihm erstmals eine angespannte Stimmung aushalten und eine unbestimmte Gefühlslage ausleben zu müssen.

Sie hatte auch unterwegs, im Taxi zum Frankfurter Flughafen, am Airport und im Flieger, alles vermieden, was das Miteinander plötzlich unerträglich gemacht hätte. Sie hatte auf dem Flug nach Berlin aber auch nicht gezüngelt, ihre Hände bei sich behalten und die zwei Gläser Sekt eher hinuntergestürzt als genossen. Sie konnte nicht so tun, als ob... Fabio hatte zum Glück seine Kopfhörer auf den Ohren gehabt und sich in Tegel sofort bereit erklärt, die Nacht zuhause und nicht bei Eva zu verbringen.

Nachdem sie ihren kleinen Koffer ausgepackt und danach lange geduscht hatte, gönnte sie sich einen *Oloroso*. In einem übergroßen T-Shirt saß sie am Küchentresen. Erst als sie fröstelte, zog sie noch etwas über.

Sie erinnerte sich zunächst nur bruchstückhaft, mit den vergehenden Minuten und nach einem zweiten Glas aber immer genauer an ihren Besuch auf Le Yaudet. Dort hatte sie – darauf würde sie heute jede Wette eingehen – Sara zum ersten Mal gesehen. Ihr Porträt gesehen. Ein Gemälde, das ihr Gesicht auf so ungewöhnliche Weise gezeigt hatte. Aber auch so treffend und unverwechselbar, dass sie Sara vor rund sechs Stunden sofort erkannt hatte. Und doch war es kein realistisches, geschweige denn ein fotografisch genaues Porträt gewesen.

Ja, das fiel ihr in diesem Moment ein, sie hatte sich mit Alphonse genau darüber unterhalten. Über die eigentümliche Darstellungsweise, den eigentümlichen Stil des Malers. Das Gemälde war unfertig gewesen, es hatte auf einer Staffelei gestanden, wenn sie sich nicht täuschte.

Alphonse hatte ihr zugehört, aber – das fiel Eva jetzt ebenfalls ein – selbst wenig dazu gesagt. Ihre Sichtweise auf das Gemälde sei eine „interessante Betrachtungsweise". An dieses höfliche, ihr damals etwas distanziert erscheinende Statement erinnerte sie sich. Er war ein netter Mann und ihr freundlicher Gastgeber gewesen. Er hatte versucht abzulenken und war unvermittelt auf die mehrere tausend Jahre lange Siedlungsgeschichte des Flecken Le Yaudet zu sprechen gekommen.

Sie hatte etwas Verborgenes in dem Porträt entdeckt. Etwas, das sich vielleicht sogar gegen den Willen des Malers oder der Malerin – nein, es musste ein Maler sein – in das Gemälde eingeschlichen hatte. Sie hatte über dieses Phänomen schon viel gelesen und manches selbst geschrieben, wenngleich mit Bezug auf Literatur und auf die Bildsprache von Fotografien und Filmen. Dass dort Figuren und Motive eigene, vom Autor und der Kamera unbeabsichtigte und unkontrollierte Formen annahmen, konnte an vielen Texten und Aufnahmen nachgewiesen werden. Mit Blick auf die Malerei, mit Blick auf das Dreieck Künstler – Motiv und Abbild – Betrachter hatte Eva dieses Phänomen noch nicht bedacht. Klar war, dass der Pinselstrich, das So-Sein des Objekts und das Interesse des Konsumenten nicht in eins fielen. Eva wollte ein andermal genauer darüber nachdenken. Dann ohne zwei Gläser schweren *PX* intus zu haben.

Sie drehte die Musik – The White Stripes – lauter und goss sich einen letzten kleinen Schluck ein. Sara war eine Schönheit, das ließ sich nicht leugnen.

Am nächsten Morgen schlief Eva aus, zog Laufkleidung an und joggte Richtung Volkspark. Nach einer Dreiviertelstunde war sie erschöpft, ging langsam nach Hause und machte sich ein kleines Frühstück. Sie toastete zwei Scheiben eines altbackenen Baguettes und entschied sich für Orangenmarmelade. Dazu einen starken schwarzen Kaffee.

Um die Mittagszeit rief sie Fabio an, der erst auf ihren dritten Versuch binnen einer Stunde reagierte. Eva sagte, sie sei sofort nach dem Heimkommen ins Bett gegangen und habe geschlafen wie ein Murmeltier. Fabio erzählte nicht, dass er auf einen Anruf von Sara gewartet, aber selbst nicht den Mut gehabt hatte, seinerseits anzurufen. Eva schlug vor, heute Abend ins *Kosmos* zu gehen, obwohl sie den Film schon zweimal gesehen habe. Fabio willigte ein, gab aber zu bedenken, dass er morgen schon früh das entscheidende Gespräch in Babelsberg habe. Eva machte einen

Rückzieher und wünschte ihm viel Erfolg. Fabio telefonierte mit einem Bekannten und sagte für eine Pokerrunde am Abend zu. Eva entschied, dass die Affäre mit dem kleinen Spatz zu Ende ging.

Eva Eppendorf räumte an diesem Sonntag ihren Schreibtisch auf, durchforstete Schubladen und Regale, warf unzählige Fotos weg, entsorgte alte Briefe und noch ältere Steuerunterlagen. Aus dem Badezimmer und aus ihrem Kleiderschrank räumte sie Zahnbürste und Rasierzeug sowie ein Hemd, zwei T-Shirts und ein Paar Jeans in eine große *Lafayette*-Tüte. Verdammt, sie hatte ihren neuen Sommerhut in der Villa vergessen.

Am Abend rief sie in Eltville an und entschuldigte sich für ihren überstürzten Aufbruch. Sie sei einfach fürchterlich überarbeitet und zugegebenermaßen enttäuscht gewesen, dass Jo sich nicht habe blicken lassen. Das Gespräch dauerte keine zwei Minuten. Sara zeigte Verständnis. Der Hut hänge an der Garderobe. Kurz danach telefonierten Sara und Fabio. Sie verabredeten sich für das Pfingstwochenende in der Schweiz.

DRAGANA WÜRDE DIE STRECKE in deutlich weniger als fünf Stunden schaffen. Pausen hatten sie keine gemacht, sah man von den zweimal fünf Minuten ab, die Caspar zum Pinkeln benötigt hatte.

Sie waren bereits kurz nach dem Frühstück aufgebrochen. Sie hatten sich noch von Bettina und Alphonse verabschieden können, die gerade die Treppe herunterkamen, als Jorge das Gepäck zu ihrem Wagen brachte. Sie hatten aus der Verabschiedung kein überschwängliches Tamtam gemacht. Der gestrige Abend war ein gelungener Abend gewesen. Ein sehr schönes Abendessen, und Caspar hatte die anderen tatsächlich noch zu einem Casinobesuch überreden können. Es war spät geworden, und man war müde ins Bett gefallen.

Dragana wurde sich unterwegs, Caspar war eingenickt, darüber klar, dass sie die beiden anderen Frauen – Eva Eppendorf und Bettina Erkner – erst an diesem Wochenende kennengelernt hatte. Sie mochte beide, fand beide auf ihre je eigene Art interessant und sympathisch. Die eher zurückhaltende und beherrschte DDR-Frau genauso wie die überanstrengte und impulsive Ex von Jo.

Dragana wurde sich in diesem Moment aber auch noch einer anderen Tatsache bewusst. Sie waren alle immer nur Beigaben gewesen zu den drei Männern, die sich als Freunde verstanden und seit über zwanzig Jahren Geschäfte miteinander machten. Wenn sie sich für eine Stunde auf irgendeinem Flughafen trafen, oder tagelang wie vom Erdboden verschwunden schienen, war keineswegs sicher, davon war Dragana mittlerweile überzeugt, dass immer alle drei daran beteiligt waren. Sie, die Frauen, hatten zwar irgendwann auch einmal einen der zwei anderen Männer kennengelernt, doch immer nur als Begleitung, anlässlich eines Essens vielleicht oder bei einem Cocktailempfang. Oder absolut zufällig. Eigenartig erschien Dragana nun auch, dass sie selbst und sicherlich auch die beiden anderen Frauen trotzdem von den beiden ihnen persönlich weitgehend unbekannten Männern als Jo, Caspar oder Alphonse sprachen. Als seien diese drei *ihre* Freunde, Duzfreunde sogar. Seltsam.

Dragana amüsierte sich angesichts ihrer Gedanken, war aber auch ein wenig erschrocken. Sie würde heute Abend Caspar fragen, beispielsweise ob er Eva – außer als Jugendsünde in London – noch ein weiteres Mal mit oder ohne Jo getroffen hatte. Und ob er Bettina tatsächlich erst vor ein paar Jahren am Bodensee kennengelernt hatte. Dragana musste überlegen. Sie selbst hatte Jo kurz nachdem sie sich Caspar geangelt hatte in der Villa kennengelernt. Alphonse war sie gestern zum ersten Mal persönlich begegnet. Zwischen diesen beiden Ereignissen lagen sechzehn Jahre!

Anderthalb Jahrzehnte, in denen die Ereignisse und Frauen die drei Männer umspült hatten wie das kommende und gehende Meer einen ewigen Felsblock.

Während Caspar immer noch schlief, hatte seine Frau nicht nur über Vergangenes, sondern auch über Zukünftiges nachgedacht. Sie würde in den Onlinehandel einsteigen. Es machte heutzutage keinen Sinn mehr, sich allein auf die zahlungskräftige Stammkundschaft und auf die aus irgendwelchen Gründen sparsamer werdende Laufkundschaft zu verlassen. Ein guter Freund von Rebecca, ihrer Schneiderin, hatte angeboten, für sie eine eigene Website zu gestalten. Dort könne sie ausstellen, zum Kauf anbieten, eine Bestell- und Bezahlfunktion einbauen. Und wenn sie wolle, wäre auch ein sogenannter Blog möglich. Hatte Eva nicht auch davon gesprochen? Um mit den Kundinnen und potenziellen Käuferinnen zu kommunizieren, Meinungen auszutauschen, zufriedene Reaktionen zu erhalten und weiterzuverbreiten. Sie verstand wenig von solchen Sachen – Internet, Blogs, Influencer, Likes, Follower und so weiter –, aber sie würde es probieren.

Caspar erwachte aus seinem Halbschlaf, als Dragana ihr Höllentempo reduzierte. Die Fahrgeräusche wurden andere. Caspar wusste, dass er es am Bodensee verbockt hatte. An der Müritz war man sich einig gewesen, beide aus persönlichen Gründen. Beide hatten das genossen, was ihnen gutgetan hatte. Am Bodensee war er einfach zu selbstsicher gewesen, er hatte sich überschätzt und Bettina unterschätzt. Und er hatte nicht bedacht, dass sechs Jahre vergangen waren. Damals. Nur sechs Jahre. Er ging plötzlich auf die Fünfzig zu, so empfand er es damals, und tat so, als sei er noch der Achtunddreißigjährige von der Müritz. Bettina hatte ihm ohne Worte signalisiert, dass das sein großer Fehler war. Und sie hatte es ihn auch gestern und heute spüren lassen.

Jetzt würde er tatsächlich in wenigen Wochen seinen Fünfzigsten feiern, feiern können, feiern müssen. Er war müde, erschöpft, ohne Spaß, ohne Träume. Er sollte sich zurückziehen. In der zweiten Reihe gab es einige, die bereits mit den Hufen scharrten. Er benötigte das Geld nicht, doch einen sehr gut dotierten Beratervertrag würde er schon aushandeln. Aus Jux, aus Prinzip, zwecks Selbstvergewisserung, zur Selbstbestätigung. Er würde einige Spielschulden begleichen und dafür die Wohnung in New York aufgeben.

„Ich habe Alphonse für den Sommer nach Kapstadt eingeladen, Jo werde ich eine Mail schicken. Wie findest du das?"

„Oh, ausgeschlafen?"

„Ich habe nur etwas gedöst."

„Doch, die Idee finde ich gut. Solo? Oder wäre es tatsächlich möglich, die Frauen ebenfalls einzuladen?"

„Klar, jeder kann mit Begleitung kommen. Ist doch selbstverständlich."

Caspar küsste seine Liebste auf die Wange.

„Schön, dass du die Idee gut findest."

Dragana ersparte sich jedes weitere Wort. Der lebhafte Verkehr kurz vor dem Elbtunnel forderte ihre Aufmerksamkeit.

IN DEN ZWEI WOCHEN NACH DEM BESUCH in Eltville hatte Bettina Erkner alle, nein alle ihr realistisch erscheinenden und für sie selbst noch erträglichen Alternativen abgewogen. Sie hatte sich am Ende bewusst für das Schweigen entschieden. Sie zahlte diesen hohen Preis, um zu überleben.

Die bewusste, überlegte Entscheidung war notwendig geworden. Die Arbeit im eigenen Garten und ihr Engagement in der Genossenschaft allein hatten nicht ausgereicht, um die Stunden zu füllen, die Muskeln zu ermüden und den Kopf auf anderes zu lenken.

Sie war wie gewohnt früh auf den Beinen. Bevor sie nach draußen ging, trank sie eine Tasse

Tee und bestrich eine Scheibe getoastetes Brot dünn mit selbstgemachter Marmelade. Das reichte ihr. Gegen elf wählte sie Deftigeres. Sie nannte es immer noch Gabelfrühstück. Wie zu Textima-Zeiten. Eine kalte Bulette, eine dicke Scheibe Kochfleisch, kräftiger Käse oder Quark. Dazu das in dieser Gegend übliche Halbweiße, ein eher helles Bauernbrot mit knuspriger Kruste. Manchmal gönnte sie sich am frühen Nachmittag ein Stück trockenen Kuchen, bevor sie sich zur Genossenschaft aufmachte. Für zwei oder drei Stunden Buchhaltung. Falls nötig half sie auch in der Expedition, beim Verpacken. Spätestens um halb sieben gab es Abendbrot. Das war dann auch die Stunde, in der sie erstmals am Tag mit Alphonse zusammen am Tisch saß. Es gab meistens saisonales Gemüse oder einen Salat, vielleicht angereichert mit übrig gebliebenem Bratenfleisch vom Sonntagsessen. Ab und zu – Alphonse mochte das gern – standen auch ein paar Sardinen oder geräucherter Fisch auf dem Tisch.

Alphonse, der erst gegen neun Uhr aufstand, sich einen Milchkaffee zubereitete und in seinem Arbeitszimmer verschwand, dachte in diesen Tagen immer wieder an den überstürzten Aufbruch Evas und an ihr Gespräch in Le Yaudet. Fast zwei Jahrzehnte war es her. Ein sehr angenehmes, anregendes Gespräch. Sie waren niemals mehr darauf zurückgekommen. Wann auch, sie hatten sich nie mehr wiedergesehen.

Eva hatte damals etwas erkannt, von dem sie nicht wusste, nicht wissen konnte, was es war. Ob sie irgendwann in den vielen vergangenen Jahren erneut darüber nachgedacht hatte? Wenn ja, dann wohl als unkonkrete, theoretische Beschäftigung mit einem allgemeinen Problem der Malerei, der Kunst überhaupt. Denn sie hatte, nur so war ihr überstürztes Aufbrechen zu verstehen, nicht von der Existenz Saras gewusst. Bettina hatte diese Deutung indirekt bestätigt, als sie ihm mit wenigen Worten von ihrer Unterhaltung mit Caspars Frau erzählte.

Der Franzose saß in seinem Arbeitszimmer über dem Manuskript eines Buches, das er als Herausgeber betreute. *Der unverstellte Blick* sollte wohl am Ende der Titel lauten. In dieser Frage waren jedoch er, der Autor und auch der Verlag unterschiedlicher Meinung. *Die Kultur des Sehens* lautete eine Alternative, die als sachlicher galt, *Schaulust, Täuschung, Tabus* war die eher geheimnisvoll-reißerische Variante.

Alphonse schaffte es immer weniger, sich auf den Text zu konzentrieren. Er lenkte sich mit dem wahllosen Griff in sein Bücherregal, mit ergebnisloser Internetrecherche und mit zahllosen flüchtig angefangenen Entwürfen seines Vorworts ab.

In Wahrheit dachte er immer wieder an die Beerdigung Gabriellas. Sie hatte Jo das Kind vorenthalten, mehr wusste Alphonse damals nicht. Und dann klammerte sich dieses Kind, gerade mal zwölf Jahre alt, an ihn. Während der Zeremonie. An einem eiskalten Wintertag. Mit der einen hielt sie Jos Hand ganz fest, eine Hand, die sie eigentlich genau so wenig kannte wie die seine, die sie mit ihrer Linken fest umklammerte. In diesem Moment, genau in diesem Moment, als der Leichnam Gabriella Demianys in einem schlichten Sarg Zentimeter für Zentimeter nach unten gelassen wurde und in der Grube verschwand, wusste Alphonse, dass er Sara nicht würde enttäuschen dürfen.

Er hatte wenige Tage danach versucht, ihr Bild, den Ausdruck ihrer flehenden Augen, ihrer entblößten Seele, ihrer unbestimmten Zukunft in einem Porträt festzuhalten. Weil er mehr gesehen hatte als all die anderen Trauergäste, die sich vielleicht an die Schleife im Haar, die Tränen und roten Wangen erinnern würden. Er hatte mehr gesehen. Die Gefahren und die Kälte der Welt, die auf das Mädchen warteten. Er würde sie wärmen, sie beschützen.

Sie hatte ihn erwartet, war froh, dass er sie nicht enttäuscht hatte. In ihrer kleinen Höhle, direkt unter dem Dach, war sie sicher. Der Ausweis, den ihr der Schutzengel ausgestellt hatte, war keine Lüge. Sie wurde beschützt, von ihm, ihrem Schutzengel. Sie schmiegte sich an ihn, sie ließ sich streicheln und lernte zu streicheln. Sie war stolz, es für ihren Engel richtig zu machen.

Und dann sollte der Schutzengel nicht mehr gebraucht werden?

Er war einige Monate nicht in Eltville gewesen, der Weiterverkauf der Expressionisten aus den Dresdner Privatsammlungen hatte sich schwierig gestaltet. Die Abnehmer in Paris und London schützten Fragen der Preisgestaltung vor. In Wahrheit, das wusste er aus dem Ministerium, waren ihnen diverse Dienste auf die Pelle gerückt.

Als er abends die Leiter hinaufstieg, Jo war wieder einmal in Geschäften oder wegen einer Affäre in Frankfurt festgehalten worden, spürte er sofort die Veränderung. Keine Duftkerzen, kein schummriges Licht. Er war enttäuscht gewesen, fühlte sich getäuscht, hatte Angst bekommen, um Sara und ihren treuen Engel. Er war wieder hinabgestiegen.

„Sara ist umgezogen. Sie wohnt jetzt bei uns im Gartenhaus. Sie hat Angst, vor einem Gespenst, einem Monster, einem bösen Engel. Ein schwieriges Alter. Ich glaube, ihre Mutter fehlt ihr sehr."

Jamila hatte Monsieur eine Tasse Tee angeboten. Alphonse Le Yaudet hatte dankend abgelehnt. Er müsse unbedingt noch einige Telefonate führen. Er gehe deshalb jetzt auf sein Zimmer.

„Machen Sie sich keine Sorgen um Sara, Monsieur. Jorge passt auf sie auf."

Das war nun siebzehn Jahre her.

Alphonse und Bettina waren nach Überlingen gefahren. Immer noch herrschte schönstes Maiwetter, auch hier. Es war wieder ein sonniger Tag geworden, und die beiden bummelten am Seeufer entlang. Es waren viele Leute unterwegs. Die Skater und Radfahrer forderten ihr Recht und erwiesen sich wie immer an solchen schönen Tagen für die Fußgänger als Plage. Die Terrassen der Restaurants und Cafés waren bereits gut belegt. In manchen besonders gefragten Lokalen gab es keine Hoffnung auf einen freien Platz. Im *Bellevue*, dort waren Alphonse und Bettina seit ihrem Umzug Stammgäste, hatten sie einen Tisch reservieren lassen. Sie waren etwas spät dran, doch fünf oder zehn Minuten Toleranz war üblich.

Sie konnte nichts wiedergutmachen. Sie konnte nur ihre eigene Zukunft retten. Sie hatte nie bedauert, in all den Jahren nicht mit Alphonse geschlafen zu haben. Ihr Gefährte, der ihr verlässlicher Anker geworden war, hatte sie auch nie bedrängt.

Drei Mädchen fütterten Schwäne und kreischten, wenn diese ihre langen Hälse nach dem Brot streckten. Bettina spürte plötzlich ein starkes Herzklopfen, das ihr die Luft zu nehmen drohte. Sie blieb abrupt stehen. Es war nicht genug! Sie hielt ihren Mann am Arm fest und warnte ihn. Er müsse sein Angebot, am Mädchenpensionat im Herbst zwei Klassenfahrten nach Wien und nach Venedig zu begleiten, zurückziehen. Auf seine Nachfrage, wie er das begründen solle, antwortete Bettina nicht. Ihre Augen, ihr wieder aufgenommener schneller Schritt und ihr Schweigen sagten ihm genug. Er würde absagen müssen und konnte dies mit der Arbeit an dem Buch begründen. *Der Blick nach innen* – mit diesem Titel würde er sich anfreunden können.

Die Uhr an der Anlegestelle zeigte, dass sie sich doch beeilen mussten. Als sie sich kurz darauf unter der Kastanie vor dem *Bellevue* niedergelassen hatten, waren auch die letzten Schleierwolken am Himmel verschwunden.

Sie wurden wie gern gesehene Stammgäste begrüßt. Die Wirtin fragte nach dem Wohlbefinden. Man plauderte über Belangloses.

Ein leichter Weißwein, wie immer. Bettina Erkner und Alphonse Le Yaudet wählten diesmal einen *Jungfernstieg*, einen Meersburger Blanc de Noir des Staatsweinguts. Sie prosteten sich still zu und studierten lange schweigend die ihnen wohlbekannte Speisekarte.

Editorische Notizen

Die erzählten Geschichten sind Fiktion. Figuren und Ereignisse sind frei erfunden. Ähnlichkeiten mit lebenden Personen und tatsächlichen Vorkommnissen sind der Wirklichkeit geschuldet.

Zu danken habe ich Elke und Jutta. Mein besonderer Dank gilt auch für diesen Band Petra, die kritisch gelesen und immer ermutigt hat.

Wer sich für meine bislang erschienenen Romane und Erzählungen interessiert, sei auf die folgenden Seiten verwiesen. Alle Titel sind über www.bod.de/buchshop oder in jeder Buchhandlung erhältlich.,

Was der Autor dieser Zeilen sonst treibt, kann zudem beispielsweise auf www.ae-texte.de erkundet werden.

Weitere BoD-Titel von Albert Engelhardt

Blicke und Begegnungen

Erzählungen
2020
ISBN 9783750430945

Flüchtigkeit, die ein Leben verändern kann. Begegnungen, die unbemerkt bleiben. Neun Geschichten. Eine kurze gemeinsame Zugfahrt, ein ganzes Leben in wenigen Minuten erzählt, eine geheimnisvolle Bretonin und ihr junger Liebhaber, Alenka und fünf dankbare Männer, eine Bibliothekarin und ein Kirmesboxer. Vielfältiges Glück – im Schaukelstuhl, am Rheinufer und auf Lanzarote.

Das andere Land
oder
Siesta am Kanakenbunker

Roman
2019
ISBN 9783741275760

Frankfurt-Bockenheim zwischen 1990 und 2015. Ein Straßenfest und ein feuchtfröhlicher Abend. Eine junge Polin verliert ihr Leben, drei Männer werden verhört. Fünfundzwanzig Jahre später ist der Tod immer noch nicht aufgeklärt. Ein dubioses Romanmanuskript rührt „die alte Geschichte" wieder auf. Mit vielen Details. Die Vergangenheit holt die drei Männer ein. Und dies in einem Jahr, das ehemalige und nachgewachsene Angehörige der „Bockenheimer Szene" vor elementare Fragen stellt.

Wolkenschieber
oder
Drei Sommer am Cap

Roman
2018
ISBN 9783752828283

1977. Zwei Marburger Studenten und ihre Freundinnen verbringen in der Bretagne ihre Sommerferien. Die langjährige Freundschaft von Andreas und Benno zeigt Risse, Connie und Dora gehen ihre eigenen Wege.
1992. Illusionen sind zerstoben. Wendungen des Zeitgeschehens erzwingen neue Lebensentwürfe. Zweifel gewinnen die Oberhand. Die sonnigen Wochen am Cap Fréhel können Enttäuschungen und Zerwürfnisse nicht überdecken.
2007. Ein sehr geselliger und vielstimmiger Abend beschließt den gemeinsamen Bretagne-Urlaub. Alte Freunde, neue Liebschaften, Wehmut und Abenteuerlust. Die Lebensgeschichten sind noch nicht zu Ende erzählt.